〈태국 여행기: 푸켓, 치앙마이, 치앙라이〉

깨달음은 상투의 길이에
비례한다.

송근원

〈태국 여행기: 푸켓, 치앙마이, 치앙라이〉

깨달음은 상투의 길이에 비례한다.

발　행 | 2023년 2월 2일

저　자 | 송근원

펴낸이 | 한건희

펴낸곳 | 주식회사 부크크

출판사등록 | 2014.07.15.(제2014-16호)

주　소 | 서울특별시 금천구 가산디지털 1로 119 SK트윈타워 A동 305호

전　화 | 1670-8316

이메일 | info@bookk.co.kr

ISBN | 979-11-410-1435-3

www.bookk.co.kr

태국 여행은 80학번 제자인 홍OO 사장이 문OO 사장 부부와 함께 우리 부부를 초청하여 2011년 2월 푸켓을 방문한 것이 처음이었다.

물론 1990년이든가 처음 유럽 여행을 갔을 때 태국 방콕에서 비행기를 갈아타며 약 6시간의 여유가 있었는데, 가이드가 일행을 이끌고 공항 밖으로 나가 알카자 쇼를 보여주고, 어떤 유명한 해산물 식당으로 가 저녁 식사를 한 적이 있긴 하지만…….

그리고 그때 본 알카자 쇼에 나오는 여자들이 얼마나 이쁜지가 기억이 난다. 이 여자들은 쇼가 끝난 후, 극장 출구에 나란히 서서 관객들에게 배웅 인사를 하였는데, 그때 가이드 말이 문화적 충격으로 다가왔다.

"이들은 여자가 아니라 여자가 되고 싶어 하는 여장 남자"이라는!

이때 처음으로 태국엔 성전환한 사람들, 특히 남자들이 여자가 되고 싶어 열심히 아르바이트 하여 모은 돈으로 병원에서 그것을 거세하고 여성 호르몬 주사로 가슴을 키우고, 여장을 하고, 그리고 돈벌이로 이런 쇼를 하는 사람들이 많다는 것을 처음 알았다.

사람의 성 정체성이라는 것이 무엇인지를 생각해볼 수 있도록 만든 사건이라면 사건이었다.

그리고 저녁 식사를 하기 위해 들른 해산물 음식점엔 살아 있는 게며, 새우며, 바다가재며 생선들이 진열되어 있어, 그것을 사서 음식을 주문하면 요리를 만들어 준다는 것 역시, 그 음식점의 크기와 함께 처음 경험해 보는 것이었고, 주문한 요리를 잘 먹었던 것이 기억난다.

또한 태국엔 습지가 많아 뱀이 많다는 것도 그때 알았다.

물론 태국이 불교국가이고, 휘황찬란한 사원이 많다는 것은 미리 알고 있었지만, 사진으로만 보았을 뿐 실제로 보지는 못하였다.

동남아 여행이 비교적 비싸진 않았으나 태국을 방문할 기회는 별로 없었다. 이러한 기억들이 태국 방문에 대한 욕망을 자극하지 않은 것은 아니었지만, 차일피일 기회만 엿보던 차에 홍 사장의 초청으로 본격적인 관광이 이루어진 것이다.

비행기 표만 우리가 부담하고 태국에서의 체류 일정은 숙식 모두 홍 사장이 대접한 것이어서 이 글을 쓰면서도 홍 사장에게 고마움을 느낀다.

다행히 푸켓 방문은 조금씩 느낀 것을 기록으로 남겨 놓아 여기에 옮길 수 있었다. 그저 며칠 동안 느낀 거고 본 것을 기록해 놓은 것이어서 별로 분량이 나가지 않아 2011년 처음 글을 정리해 놓았으나 발표할 만한 것은 아니었다.

그리고 5년 후인 2016년 2월, 음력설을 며칠 남겨 두고 치앙마이-치앙라이 4박 6일에 50만원이라는 파격적인 여행 상품이 나온 것을 보고, 컴퓨터를 켜서 클릭, 클릭 하여 순식간에 돈까지 다 치러 버렸던 것이다.

치앙마이는 태국의 옛 왕조의 수도였고, 언젠가는 반드시 가 보아야겠다는 생각이 늘 있었는데, 이런 싼 상품이 나오고, 게다가 대한 항공을 이용한 부산 출발 상품이어서 망설일 필요가 없었던 것이다.

사실 여행을 하고 싶어도 망설이는 사람들이 많다.

여비 등 돈 때문이기도 하지만, 사실은 이것저것 걸리는 게 떠올라 마음의 결심이 어렵기 때문이다.

이런 걸 잘 알기 때문에 일은 한 순간에 저질러야 한다는 게 내 지론이다.

어렵게 생각하면 한없이 어려운 것이고, 행동이 앞서면 그 다음은 그 다음으로 진행되게 되어 있는 것이 인생의 법칙이다.

컴퓨터와 손가락 하나와 카드만 있으면, 순식간에 해결될 것을 사람들은 고민한다.

여행하고픈 분들에게 간곡하게 당부한다. 일단 저지르라고!

그렇게 하여 치앙마이와 치앙라이, 골든 트라이앵글 등을 이번에 경험하게 된 것이다. 비록 겉핥기에 불과한 여행일지라도……

허긴 완벽히 다 알고 한다면, 그것도 또한 여행을 즐길 수 있는 방법일 것이다.

그러나 모르면서 부딪는 것도 여행인 것이다. 이런 여행에는 더 많은 충격과 경험이 덤으로 따라온다.

그러니 알던 모르던 경험하시라!

2011년 3월 처음 쓰고 2016년 2월 덧붙이고

2019년 4월 부크크에서 전자책으로 펴내고

2023년 2월 칼라판으로 펴내다.

솔뜰

참으로 옛날이야기이다.

태국 땅을 처음 밟던 날 기록해 둔 것을 여기에 소개한다. 지금 2019년의 상황과는 매우 다르다. 먼 옛날 1990년 당시의 상황이니까 그 당시 태국은 이랬었구나라고 생각하시면 될 것 같다.

....

1990년 7월 5일, 여행 첫 날.

아침 9시 30분에 김포공항 도착, 박0문, 박0길, 안0일 교수를 만나 여행안내원 한0장 씨를 소개 받다.

11시 넘어 TG 926기에 탑승한다

탑승 전 신한은행에서 66만원을 달러로 바꾼다. 환율은 1달러에 720원이어서 908달러를 받았다. 100달러짜리 아홉 장을 주기에 20달러짜리로 달라니까 20달러짜리 열 장만 주고는 잔돈이 없으니 외환은행으로 가라고 한다.

공항청사 3층으로 올라가 외환은행을 찾다 보니 눈앞에 조흥은행이 있어 다시 100달러짜리 두 장을 20달러짜리 10장으로 바꾸고, 20달러짜리 하나를 10달러짜리, 5달러짜리 하나와 1달러짜리 다섯 장으로 바꾸었다.

더 환전을 원하였더니 원래 환전한 곳으로 가서 바꾸란다.

우리 같은 여행자가 고가품을 사는 것도 아니고, 가장 필요한 돈인 1달러, 5달러, 10달러, 20달러짜리로 바꾸어 주어야 하지 않는가라고 항의하였더니, 달러를 사오는 가격이 다르기 때문에 잔돈이 부족하다는 이야기였다.

아무리 그렇기로서니, 고객(이 필요한 돈으로 환전해 주는 것이 은행들의 고객에 대한 서비스요, 원칙 아닌가?

더욱이 공짜로 환전해 주는 것도 아니고, 수수료를 받으면서도 자기들 편리한대로 그리고 자기들 이익에 유리하도록 고액권으로만 환전해 준다는 것은 도대체 말이 안 되는 것이 아닌가?

일본은행은 고객이 원하는 대로 바꾸어 준다는데, 한국의 은행들은 고객에게 고액권만 주니 한국 사람들이 해외에 나가 고액 상품만 살 수 밖에 없을 것이고, 결국 소비 풍조를 부추겨 외화를 낭비하게끔 만드는 것이 아닌가 생각되었다.

상당히 불쾌한 기분이었으나, 조흥은행에서 환전한 것이 아니고 신한은행에서 환전한 것이어서 그나마도 200달러나 바꿔 준 조흥은행에 엉뚱하게 눈 흘길 필요는 없는 것이어서 꾹 참고 말았으나, 이런 점은 외환관리를 위해서도 마땅히 개선해야 할 일이라는 생각이 들었다.

11시 40분에 비행기가 이륙하여 약 2시간 좀 지나니까 왼쪽 창문으로 타이완이 눈에 들어온다.

약 3시쯤 홍콩에 도착하여 약 40분쯤 머물다가 방콕으로 출발하였다.

비행기가 홍콩에 머무는 동안 홍콩 공항으로 나갔다가 들어왔다.

비행기 창문으로 홍콩을 주마간산하면서 비행기는 어느 덧 베트남 해안을 지나고 있었다.

창문으로 보이는 베트남 해안은 붉은 흙으로 되어 있어서 아름답게 느껴지지는 아니하였다.

7시 40분에 방콕에 도착하였는데, 그 곳 시간으로는 오후 4시 40분이었으므로 시계를 4시40분에 맞추었다.

대기 중인 현지 관광버스를 타고, 타이 시내로 들어가면서 지붕이 뾰쪽하며 가파른 이국적인 건물 모양을 바라보았다.

아마도 비가 많기 때문에 지붕에서 처마에 이르는 선이 가파른 것이리라.

해산물 음식점으로 가는 도중에 현지 버스 안내원으로부터 타이에 대한 설명을 들었다.

타이에 대해 재미있게 그리고 전문가답게 잘 설명하여 많은 것을 배웠다.

타일랜드의 화폐 단위는 바트인데, 1바트는 우리 돈으로는 27원으로 시내버스 요금(料金)이며, 10바트(약 270원)로는 바나나 파인애플 큰 거 하나를 살 수 있는 돈이란다.

50바트(약 1,500원)는 택시의 기본요금으로, 택시비는 우리나라보다 두 배 정도 비싼 것 같다.

500바트는 15,000원 꼴인데, 쌀 1가마 값이란다.

우리나라 쌀값의 약 1/6밖에 안 된다.

1,000바트는 30,000원 꼴인데 가정부 한 달 월급이라고 한다.

그리고 공무원의 한 달 봉급이 약 3,000바트라고 하니까 우리 돈으로 쳐서 8-9만 원 정도이다.

물가가 싼 만큼 월급도 많지 않다.

타일랜드를 특징지어 주는 세 가지 유명한 것이 있는데, 그것은 미소와 자유와 와트(절)라고 한다.

그러나 이 나라는 마약, 매춘, 교통, 빈부 격차, 호모, 깽(gang) 등의 문제에 당면하고 있다 한다.

마약 문제가 가장 큰 문제인데, 골든 트라이앵글(Golden Triangle)이라고 불리는 타이 북부의 밀림 지대에서 양귀비의 재배가 이루어지고 있고, 타이 정부의 통제력이 이 밀림지역에는 미치지 못하기 때문에 근절시키기 어렵다고 한다.

매춘 또한 큰 문제이다.

타이 인구는 7000만이고, 이 중 1/10가량인 770만이 방콕에 사는데, 방콕 인구 중 약 30만이 매춘부라 하며, 에이즈 문제도 매우 심각하다 한다.

또한, 방콕의 자동차는 240만대로서 방콕의 교통 문제 역시 심각하며, 빈부의 차이가 심한 것도 큰 문젯거리이다.

거지가 수두룩한가 하면, 부자들은 롤스로이스, 볼보 등 고급차를 3-4대 가지고 있을 만큼 빈부의 차이가 크다.

뿐만 아니라, 남성의 여성화가 문제로 부각되고 있다 한다.

조금 과장해서 말한다면, 돈 벌어서 성전환하는 것이 가난한 타이 남성들의 최대 소원이라 한다.

또한, 깽(마피아)들간의 전쟁 등 총기 사고도 현안 문제로 등장한 지 오래라 한다.

타이에는 뱀과 악어 등 파충류)가 아주 많은데, 그것은 지형적으로 늪이 많고 기후가 고온다습하기 때문인 것 같다.

따라서 뱀에 물려 죽는 사람도 많은데, 60년대 우리나라에서 연탄가스 중독으로 죽은 숫자보다 더 많다고 한다.

현재에는 악어농장 등도 많이 생기고, 악어가죽이나 뱀가죽을 가공하는 산업도 발달해 있다고 한다.

또한 수상가옥도 많은데, 그 이유는 더위와 뱀을 피하기 위한 것이라고 볼 수 있다.

타이에서의 자동차 운전석은 오른쪽에 있으며, 자동차의 수효가 많아서 교통이 항상 막힌다고 한다.

자동차의 거의 대부분은 일제차이다.

타이인들은 손으로 머리를 만지면 영혼이 달아나 죽는다고 믿기 때문에 결코 머리를 쓰다듬어서는 안 된다.

머리를 중하게 여기는 반면에 발은 천하게 여기며, 오른 손은 밥 먹는데 사용하고, 왼 손은 밑 닦는 데 사용한다.

왼손은 부정한 손으로 여기기 때문에, 이곳에서 왼손으로 물건 특히 음식물을 건네주는 것은 큰 실례가 된다.

따라서 왼손은 가급적 사용하지 말아야 한다.

타이에는 사원이 약 3만 개 있으며, 스님은 주황색 법복을 입는데 사회적으로 대우를 받는다.

스님에게는 버스도 공짜이고, 스님을 위해서 자리를 양보하며, 여자들은 스님이 타면 뒤로 피해야 한다.

....

지금 2018년 현재 태국 돈 1바트는 35원 정도 한다. 그리고 환전 역시 달러로 바꾸어 갈 필요가 없다. 우리 돈으로 가지고 가도 태국의 사설 환전소에서 다 바꾸어 준다.

1990년 당시에는 우리 돈을 달러로 바꾸고 현지에 가서 현지 돈으로 바꾸었어야 했으나, 지금은 전혀 그럴 필요가 없다. 우리 돈을 그냥 가지고 가는 게 훨씬 이익이다.

왜냐면 은행에 가지 않아도 도고, 무엇보다도 수수료를 이중으로 물지 않아도 되기 때문이다.

그것도 큰돈으로, 예컨대, 만 원권이나 오만 원 권으로 가지고 가는 게 낫다. 고액권은 부피도 가벼울 뿐 아니라 태국 돈 바트로 바꿀 때 환율이 더 높아 훨씬 이익인 까닭이다.

또한 돈을 바꿀 때에는 사설 환전소가 환율을 더 높게 쳐준다고 한다. 참고로 태국에서는 사설 환전소가 불법이 아니다.

1990년과 2018년의 차이는 대충 이러하다.

그렇지만, 다른 것들, 특히 저들의 사고방식이나 의식구조는 별로 변한 것 같지 않다. 우리나라는 28년 동안 엄청 많이 바뀌었으나, 태국은 별로 변한 것이 없는 듯하다. 물론 경제적으로는 많이 변하긴 했지만.

그렇지만 변하는 것이 좋은 것인가에는 의문이 있다.

....

여기에 소개해 놓는 것은 2011년과 2016년의 여행 기록이다. 이를 정리하다 보니 1990년의 첫 경험이 생각나 잠간 살펴 본 것이다.

그리고 이를 정리하여 컴퓨터나 휴대전화로 보기 편하게 전자출판하기 위해 이를 약간 수정한 것이 2019년 봄이고, 이를 칼라판 종이책으로 부크크에서 출판한 것이 2023년 2월이다.

이러한 시간적 차이를 감안하여 읽어 주시면 고맙겠다.

2023년 2월
솔뜰

푸켓
(2011.2.24-2011.2.6)

1. 술도 안 주는 비행기

2011년 2월 24일(목) 맑음

2월 24일 목요일 아침 7시 집을 출발한다.

홍OO 사장은 어제 밤에 서울에서 먼저 출발했고, 문OO 사장 부부와 우리 부부는 오늘 아침 9시 반 김해 발 비즈니스 에어를 타고 푸켓으로 갈 것이다.

대연동에서 문 사장 부부를 만나 공항으로 향한다.

수정 터널과 백양 터널을 거쳐 공항 주차장에 도착하니 7시 50분이다.

환전을 하고, 로밍서비스를 받고 수속을 밟는다. 좌석을 보니 2E이다.

비행기를 타고 보니 제일 앞의 비즈니스 석이다.

어쩐지 항공료가 비싸더라니…….

지난 12월에 인터넷을 통해 일인당 81만원씩 주고 비행기 표를 샀는데 왠지 비싸다 싶더니만…….

어찌되었든 넓고 좋은 의자에 앉아 가게 되었으니 좋기는 하다. 아마도 기내 서비스도 좋을 것이다.

비행기는 9시 30분에 정시에 이륙한다.

그리고 한 시간 정도 되니 스튜어디스가 음료수와 땅콩을 노나 준다.

그리고는 아침 식사로 닭과 쇠고기가 있다고 한다.

주내와 나는 각각 닭과 쇠고기를 하나씩 시킨다.

그리고는 코냑 한 잔을 가져다 달라고 했더니 없단다.

그러면 위스키라도…….

역시 없단다.

고기를 먹으려면 독한 술이 한잔 있어야 하는데…….

할 수 없이 그러면 맥주라도 하나 갖다 달라고 하는데, 돌아온 말은 무정하게도 "없다"는 말뿐이다.

회사 방침에 따라 알코올은 준비하지 않는다는 거다.

무슨 비행기가 이럴 수가 있나?

모처럼 돈도 배로 내고 비즈니스 석에 앉았는데……. 다시는 이 비행기를 타지 말아야지. 속으로 결심하고 또 결심한다.

이 비행기는 부산-푸켓을 왕복하는 비즈니스 에어라는 타이 비행기인데 서비스가 영 엉망이다.

아마도 독점이라 그런 모양이다.

부산 사람들이 푸켓 가려면 어쩔 수 없다. 이 비행기 이외에는 탈 수가 없으니…….

참고로 기내에 있는 한국 신문을 보니 광고란에 4박 5일 푸켓 여행이 40만원이다.

40만원 안에 호텔비, 관광비 등 모두 포함되어 있다.

패키지 여행에 비해 두 배나 비싼 돈을 냈는데…….

그것도 호텔비와 관광비는 모두 홍사장이 대접한다 했고, 단지 비행기 운임만 81만원이나 주었는데…….

억지로 닭고기 몇 점과 쇠고기 몇 점을 입에 넣었는데, 이것이 별로 안 좋은 모양이다.

탈이 나 3일 동안 계속 고생한 것이다.

음식은 그런대로 먹을 만하긴 했으나, 대한항공이나 아시아나에 비하

1. 술도 안 주는 비행기

파동 비치의 낙조

면 너무 수준이 떨어진다. 맛도 그저 그렇고, 술도 안 주고…….

사실은 비행기 값에 다 포함되어 있다고는 하나 공짜 술 한 잔 먹는 재미로 비행기만 타면 즐거워했던 나로서는 너무도 억울해서 그랬는지 그만 탈이 나 버린 것이다.

그러거나 말거나 이 비행기는 점심도 안 주고, 현지 시각 1시 40분 푸켓 공항에 도착한다.

수속을 마치고 나오니 태국인 한 사람이 픽업하러 나와 있다.

호텔로 가는 길은 꽤 시간이 걸린다. 호텔은 파동 비치에 있다는 데…….

2. 여자로 인정받고 싶은 사람들

2011년 2월 24일(목) 맑음

푸켓 공항을 나오니 날씨가 덥기도 하다.

한 시간 반 정도 달려 3시 40분 쯤 반타이 리조트 호텔에 도착한다.

아무리 호텔에서 나온 차라고는 하나 운전수는 그만큼 고생을 하였으니 팁을 주기는 주어야 할 텐데…….

생각 끝에 5달러를 팁으로 주었다.

나중에 알고 보니 1달러만 주면 된다 한다.

그 운전수 횡재한 기분일 거다.

호텔 프런트에 바우처를 내미니, 청소가 안 끝났다고 대기실에서 기다리라 한다.

한참을 기다리다 홍 사장을 만난다.

현지 여행사 사장과 함께 홍 사장은 우리를 호텔 문밖에서 계속 기다렸단다.

1335호실에 짐을 풀고, 옷을 갈아입고, 사진기를 챙겨 들고 저녁을 먹으

반타이 리조트 호텔

러 나간다.

홍 사장이 맛있는 거 먹자며, 현지 여행사 사장이 가르쳐준 바닷가 음식점으로 갔다.

커다란 바다가재와 왕새우를 골라 구워 달라 하고는 서쪽으로 지는 붉은 해가 연출하는 낙조를 본다.

점심 때 반주를 하지 않아서 그런지 속이 더부룩하다. 새우고 가재고 먹고 싶은 생각이 없다. 입에서 받질 않는다.

그 동안 밀린 일을 하느라고 조금 과로했던 것이 문제였던 거 같다.

몸이 피로하면 속도 피로한 것이다. 위장도 그만 태업에 들어간 것이다.

독한 술 한 잔으로 이를 깨워 일을 시켰어야 하는데…….

어쩔 수 없는 일이다.

그저 돌아가 푹 쉬고만 싶다.

홍 사장은 신이나 맥주 한 잔을 더 하고 가자 한다.

호의를 뿌리치기가 어려워 따라 간 곳은 이곳의 환락가이다.

길 좌우로 술집들이 즐비하게 늘어서 있고, 거리에는 관광객들로 넘쳐난다.

그들을 유혹하고자 비키니 차림의 예쁜 여자들이 머리에 깃털을 꽂고 춤을 추며 전단지를 돌린다.

거리의 술집에 앉아 맥주를 시켜 놓고 이들을 바라본다.

"쟤들이 여자가 아니에요. 교수님. 전부 트랜스젠더라니까요. 여자보다 더 이뻐요."

홍 사장이 설명을 한다.

푸켓

그러더니 그들에게 다가가 팁을 주며 사진을 찍는다.

과장된 몸짓으로 가슴도 들여다보고, 만져 보기도 하고, 그런 걸 관광객들은 보면서 웃는다.

한국에서 같으면 성희롱일수도 있으나, 거리의 천사들은 그것을 더 즐기는 듯하다.

그렇지만 한 편으로는 참 안 되었다는 생각이 든다.

"얼마나 여자가 되고 싶어 저러나, 아니 여자로 인정받고 싶으면 저러겠나?" 싶다.

거리의 천사들

마음은 여자인데, 몸은 그렇지 않아 결국은 성 전환 수술을 받아 여자 몸이 되었건만, 마음과 몸만 여자면 여자인가?

누군가가 여자로 인정해 주어야 되는 걸!

그래서 저들은 거리에 나와 몸부림치고 있는 것이다.

물론 먹고 살기 위해 돈도 벌어야 하겠으나, 그것보다도 내 눈에는 여자로 인정받고

2. 여자로 인정받고 싶은 사람들

파동 비치의 낙조

싶은 욕구를 저렇게 분출하는 것이리라.

정체성이란 무엇일까?

모든 세상사가 그렇지만, 이 세상은 나만 그렇게 생각한다 해서 그러한 것이 아닌 것이다. 다른 사람들이 인정을 해 주어야 비로소 그렇게 된다고 착각하며 사는 것이 중생들이다.

자기 마음을 다듬고, 주어진 순리대로 받아들이며 소박하게 사는 것도한 방법이거늘……

그놈의 욕구가, 그놈의 욕망이 몸을 바꾸고 저들을 거리로 내몬 것이다.

어디 트랜스젠더뿐이랴?

저들보다 우리가 나은 점이 무엇이란 말인가?

욕구와 욕망에 못 이겨 평생을 살아가는 것은 마찬가지인 것을……

3. 비키니 심사

2011년 2월 25일(금) 맑음

돌아오는 길에 약국에 들려 체한 데 먹는 약을 산다.

호텔로 돌아와 약을 먹고 잠을 청한다.

잠은 잘 자는데, 한밤중에 깼다.

배가 아픈 것은 아닌데 속은 거북하고 화장실에 가 앉는다. 앉아 있자니 설사가 난다.

속이 풀리는 듯하다.

다시 돌아와 잠을 청하는데, 또 화장실에 가고 싶다. 왔다 갔다 그러다 보니 새벽 5시다.

이놈들이 체했다고 하니 설사약을 준 것인가?

설사를 하고 나면 속은 시원한 듯하나 항문은 찢어질 듯 아프다.

그래도 다행인 것은 수돗물 나오듯 설사를 하지만, 내가 참으면 참을 수 있다는 것이다.

샤워를 하고 7시 반에 아침식사를 하러 간다.

뷔페 식당엔 먹을 것이 그득한데 입맛이 당기질 않는다.

그나마도 홍 사장이 가져온 김치 국물이 아니었으면 전혀 먹지 못했을 것이다.

김치 국물만 입에 당긴다.

그렇지만 속은 역시 아직도 거북하다.

오늘은 삐삐 섬 관광을 간단다.

호텔로 픽업 나온 봉고를 타고 또 한 시간쯤 간다.

바닷가에 내려놓고 옷에 스티커를 붙여 준다.

조그만 봉고차가 사람들을 많이도 내려놓는다. 관광객이 많기도 한다.

배를 타고 달린다.

뒤늦게 타다 보니 자리가 없어 맨 앞 이물에 홍 사장, 문 사장과 함께 자리를 잡는다.

배는 쾌속선이다.

햇볕은 따갑고, 맞바람은 세고, 밀짚모자가 날아가 버린다.

맞바람을 맞으며 망망대해를 바라본다.

1시간 남짓 달리자 멀리서 섬이 보인다. 가까이 가니 섬엔 나무가 울창한 것이 아름다운 섬이다.

섬 가까이 가더니 스노클링을 하란다.

옛날 괌에서는 스노클링을 잘 했는데, 주내와 함께 깊은 바다까지 가서 구경을 하였는데, 나이가 들어서인가 잘 되지 않는다. 자꾸 물이 들어가고, 수경은 뿌예진다.

몸을 뜨게 하는 덧입은 옷(?)이 사람을 자꾸 뒤집어 놓는다.

대충 고기 구경을 하고 다시 배에 오른다.

삐삐 섬 가기 위한 부두

이번에는 좌우에 큰 산 봉우리를 끼고 있는 만으로 들어가 수영을 하고 놀으란다.

삐삐 섬

경치는 아름답고 바다는 얕아 애들 놀기에는 딱이다. 햇살이 너무 따가운 것을 빼고는……

다행히 설사는 안 한다.

그러나 속은 좋지 않고, 기운은 없고. 사진기만 들고 그냥 셔터만 누른다.

삐삐 섬

이곳이 어딘가 하고 살펴보니 마야 만(Maya Bay)이라는 팻말이 있고 울창한 저 숲 속에 화장실이 있단다.

그늘 밑에 앉아 비키니를 심사하는 것밖에 할 일이 없다.

그렇지만 그것도 별 재미가 없다.

속이 안 좋아서가 아니다. 그럴듯한 몸매는 별로 없고, 전부 배가 나

3. 비키니 심사

오고 뒤룩뒤룩한 몸매들이 대부분이기 때문이다.

백인이건 황인이건……. 몸매가 날씬한 사람들은 어젯밤 거리의 천사들 밖에 없는 모양이다.

인류가 어떻게 되어 가려는 것인지 참으로 걱정스럽다.

배 아픈 사람이 원, 별 걸 다 걱정한다. 인류의 앞날이라니!

한 30분쯤 놀게 하더니 다시 배를 타고 간다.

가면서 섬 밑바닥의 동굴을 설명한다.

해적 소굴

섬 밑바닥은 울퉁불퉁하게 패여 있고, 종유석이 달린 듯 주먹바위들이 주렴처럼 늘어져 있다.

이곳의 섬들은 다 그렇다.

울퉁불퉁 패어 있는 곳이 조금 크고 깊게 들어간 곳이 동굴인데, 입구에는 여기저기 제비집을 채취하기 위해

마야 만

푸켓

원숭이 섬

세워 놓은 대나무가
있다.

옛적에는 이곳
이 해적소굴이었다
고 한다.

신선이 살 듯한
섬에 신선은 어디
가고 해적이라니!

아마도 여기 살
던 신선들이 해적들에게 쫓겨 제주도로 이민을 갔다는 전설이……

히히, 이건 내 생각이다.

해적 동굴을 지나 이번에는 원숭이 섬에 사람을 내려놓는다.

어미 원숭이, 새끼 원숭이, 수컷 원숭이, 원숭이 가족들이 모여서 사
는 섬이다. 서로 싸우고 할퀴고. 그러면서 산다.

애기 원숭이는 엄마 원숭이에게 찰싹 붙어 재롱을 부리고, 어미는 지
새끼라고 끔찍이도 챙긴다.

형 원숭이가 애기 원숭이에게 슬쩍 가더니 심술을 부리다 어미 원숭
이에게 한 대 얻어맞고 물러간다.

애기 원숭이는 주먹만 한 게 못생겼으되 귀엽기도 한다.

어리면 다 귀여운 이유는 앞으로 살아갈 날이 많다는 의미이다.

사람 사는 것이 원숭이 사는 것과 진배없다. 아무리 잘났어도 그 무엇
이 다르랴!

3. 비키니 심사

4. 먹어야 산다.

2011년 2월 25일(금) 맑음

예부터 내려오는 제 1의 진리는 먹어야 산다는 것이다.

이제 점심시간이다.

배는 다시 삐삐 섬의 어딘가에 있는 음식점으로 우리를 나른다. 크기는 하지만 허름한 음식점엔 관광객들로 꽉 차 있다.

뷔페 식단이 차려져 있으나 음식도 그저 그렇고, 속도 그렇고, 별로 마음에 없다.

다른 사람들은 운동 끝에 입이 당기는지 맛도 없는 것들을 잘도 먹는다.

옥색 바닷가 나무 그늘 밑에 누워 팔자 좋게 한 숨 자는 사람도 있다.

다시 배를 타고 또 한참 간다.

조그만 아름다운 섬인데 해수욕장이 있다.

해변에는 파라솔이 한 이백 미터쯤 죽 늘어서 있고, 그 너머로 음식점들이 있고, 또 그 너머로 조그만 동산이 있으며, 동산 앞 오른쪽으로는 기암괴석이랄 것까지는 못되지만 여하튼 갯바위들이 있고 갯바위들 사이

해수욕장

푸켓

해수욕장

에도 모래사장이 있고 비키니가 있다.

파라솔 밑에 앉아 눈을 감는다.

햇빛을 피하려 의자를 옮겨 보았으나 좀 있으니 다시 해가 좇아온다.

나중에 호텔에 돌아와 보니 발등이 가렵고 따갑다.

얼굴엔 자외선 차단제를 발랐으나 수영복 차림에 밑에는 못 발랐는데 좇아오는 햇빛에 발등만 과다노출 된 거였다.

노는 것을 구경하는 것도 너무너무 심심하고, 움직이기도 괴롭고, 그렇다고 계속 "난 컨디션이 안 좋네." 하면서 그냥 있기도 미안한 참에 문 사장이 물에서 나오면서 고기가 많다며 들어가 보시란다.

물속으로 들어가 헤엄을 친다.

그렇지만 내려 쬐는 뙤약볕이 너무나도 강렬하다.

갯바위 쪽 그늘 밑으로 가니 물이 얕아 설 수 밖에 없는데 정말 많은

4. 먹어야 산다.

고기떼들이 몰려다닌다.

스노클링이 필요 없다. 사람들이 빵을 떼어 주면 우르르 몰린다.

손바닥만 한 줄돔도 있고, 장어도 있고, 노란 고기도 있고, 파란 고기도 있고…….

청년들이 비닐봉지를 들고 물속에 빵을 넣은 후 고기를 유인한다.

고기가 몰려들면 얼른 봉지를 들어 올리지만 고기는 이런 것에 훈련이 잘 되어 있는 듯하다.

그때마다 고기는 날쌔게 빠져 나간다.

한참을 즐겁게 지켜보았지만 잡히는 고기는 없다.

오후 5시가 넘어 다시 호텔로 돌아온다.

오늘 저녁은 홍 사장이 이곳에서 제일 좋은 호텔인 홀리데이 인의 뷔페가 맛있다며 그쪽으로 안내한다.

많은 음식들이 그득하지만, 역시 입맛이 안 당긴다.

속은 계속 느글거리는 것인지 메스껍고 그득한 느낌이다.

그렇지만 그래도 먹어야 할 것 같다. 설사만 하고 힘은 없으니…….

접시를 들고 차림판 위를 둘러본다.

혹시 먹고 싶은 것이 있을까?

빈 접시만 들고 주욱 가다 보니 생새우 까놓은 접시가 보인다.

그 앞의 종업원보고 그것을 달라 했더니 회가 아니라 튀김용이란다.

차림판 저쪽 끝에는 연어 회와 무슨 회인지 모르나 커다란 물고기 덩어리가 있는데, 요리사가 달라는 대로 회를 떠 주고 있다.

굵직하게 회를 떠 달라 하여 고추냉이와 함께 들고 온다.

주내는 회를 먹지 말라 한다. 속도 안 좋은데, 회를 먹으면 더 탈나지

해수욕장 풍경

않을까 염려하는 것이다.

그렇지만 입맛이 당기는 것은 그것밖에 없는데…….

호텔로 돌아오는 길에 약국에 들른다. 아스피린과 소화제를 산다.

소화제를 씹어 먹으라는데 그것도 별로다.

홍 사장에게 소주 한 병을 받아 냉장고에 넣어 놓았다가, 물 컵에 반 잔 정도 따라 마셔 버린다.

오히려 이게 낫다.

놀러 왔으면 재미있게 놀아야지, 이렇게 비실거려서야…….

미안한 마음뿐이다.

역시 사람은 상황에 맞게 행동해야 다른 사람들을 불편하게 하지 않는 법이다.

그렇지만 내 몸이 그런 걸 어찌하나?

4. 먹어야 산다.

5. 신선들이 살던 섬

2011년 2월 26일(토) 맑음

아침 일찍 일어나 식사를 하러 간다.

뷔페에는 많은 것이 있으나 역시 마음이 없다.

홍사장이 준비해온 총각김치 국물에 밥을 말아 한 술 뜬다.

다시 차를 타고 한 시간 넘게 간다.

오늘은 팡아 만(Phang Nga Bay) 관광이란다.

홍 사장 문 사장 모두 얼굴과 몸통이 벌겋다. 다리도 그렇고. 어제 하루 잘 노느라 햇볕에 그을린 것이다.

저거 아프지 않을까 걱정이 된다. 그렇지만 모두 씩씩하다.

해변에 도착하니 부두가 길게 놓여 있고 그곳까지 버스가 왕복을 하면서 사람을 실어 나르는데, 사람들은 왜 그리 많은지…….

우릴 내려놓은 차 주인이 역시 스티커를 붙여 준다.

부두 끝에서는 스티커를 보고 오른쪽이나 왼쪽으로 가라 하고, 매어 있는 배로 가면 스티커를 보고 배를 지정해 준다.

신선들이 살던 섬

푸켓

우리 배에 올라타니 일층은 부엌이고 위층은 유람선이다.

배가 출발하면서 콜라와 물 등 음료를 노나 준다.

이 배는 유람선이고 일찍 승선한 탓에 그나마 햇빛을 피해 앉을 수 있어 좋다. 어제는 뙤약볕 밑에서 고생을 했는데……

항구를 떠나 조금 가니 요트들이 정박해 있다.

역시 한 시간 쯤 달렸을까 바다 저쪽으로 섬들이 흐릿하게 보이는데, 그 형태와 아름다움이 신선들이 사는 섬인 듯 착각을 불러일으키게 한다.

아마도 흐릿하고 기이한 형태가 그런 생각을 갖게 하는 듯하다.

뱃머리에 나아가 사진을 찍어 보지만 너무 멀고 흐릿하여 사진이 나올 리 만무이다.

그래도 주내를 부르고 홍 사장 문 사장 부부를 불러 이물에 앉혀 놓고 사진을 찍는다.

단지 찍는 기분일 뿐……

나중에 보니 건질 사진은 없었다.

신은 정녕 거룩한 아름다움을 속된 인간과 섞어 놓는 것을 허용하지 않으시는 모양이다.

신선들이 살던 섬

5. 신선들이 살던 섬

팡아만의 섬들

홍 사장은 피곤한 모양이다.

밖을 보다가 팔에 얼굴을 묻는다.

전설 속의 섬들이, 불로초가 있음직한 섬들이 드디어 가까이 오는 듯 싶더니, 어느 덧 큰 섬 앞으로 간다.

그 섬은 절벽이 줄줄이 패여 있고, 여기에도 주먹바위들이 바다를 향해 매달려 있고, 그 사이사이에는 제비들이 조그만 물고기와 해초들을 모아 집을 짓고, 그것을 따서 요리하기 위해 사람들이 몰려오고…….

뭐 그렇게 사는 것인 모양이다.

여하튼 이런 아름다운 섬에 신선이 안 살고 해적들만 살았다니…….

해적이 신선인가?

아니면 해적들이 남의 배를 빼앗고 그것을 밑천 삼아 신선놀음을 했

팡아만의 섬들

는가?

　　다시 섬 사이를 지나 전설의 섬들이 모여 있는 곳으로 나아간다.

　　저쪽 유람선과 돛단배가 섬과 어우러져 한 폭의 풍경화를 연출한다.

5. 신선들이 살던 섬

6. 제임스 본드가 놀던 섬

한 이십 분쯤 가더니 007 영화를 찍었다던 제임스 본드 아일랜드에 도착한다.

정박한 곳은 두 개의 섬 사이에 있는 모래사장 한 편이다.

두 섬을 모래사장이 연결하고 있으니 하나의 섬이라고 해야 할까?

여하튼 모래사장이 있고 그 너머로 관광 상품 파는 초막집들이 있고, 반대편 섬에는 동굴이라기에는 좀 개방된 그러나 주먹바위들이 매달려 있는 시원한 그늘 진 곳이 있으며, 그 밑으로는 출발하려는 유람선이 정박하고 있다.

제임스 본드 아일랜드 선착장

제임스 본드 아일랜드 선착장

우리가 내린 곳을 뒤돌아보면 저쪽으로 역시 여러 섬들이 아름답게 떠 있다.

초막집 가게를 빙 돌아 넘어가니 그곳에도 모래사장이 있고, 섬으로 둘러싸인 바다 한 가운데에는 약간 가분수인 그 유명한 제임스 본드 아일랜드가 있다.

이 섬 역시 밑동이 패여 있다.

이곳 섬들은 대부분 밑동이 패여 있어 물 위에 떠 있는 듯한 느낌을 준다.

밑동을 보고 있노라면, 언젠가는 저 밑동이 잘라져 옆으로 편안하게 눕게 되리라라는 생각이 든다.

제임스 본드 아일랜드를 옆으로 보면서 섬을 뒤돌아 나아가니 크게

제임스 본드 아일랜드

푸켓

제임스 본드 아일랜드 선착장

볼 것은 없으되 커다란 주먹바위가 천정에 매달려 우리를 맞이한다.

다시 돌아 나와 사진을 찍는다.

제임스 본드 아일랜드를 손바닥 위에 올려놓은 듯한 착각을 하게끔 사진 찍는 법을 가이드들이 열심히 설명하고 사람들은 그렇게 하려고 안간힘을 쓴다.

문 사장 부부에게 그렇게 찍어 주겠다고 모델로 세우면서 홍 사장이 사준 사진기를 가지고 찍긴 찍었는데 손바닥 위에 섬을 올려놓은 게 아니라 그냥 부부가 "쩨쩨쩨" 하는 모양이 되어 버렸다.

여기까지 와서 "쩨쩨쩨"할 필요는 없는데 말이다.

딴에는 찍는다고 쭈그리고 앉아 허리를 있는 대로 뒤로 젖히기까지 했는데……

6. 제임스 본드가 놀던 섬

전설 속의 섬들

신선이 사는 섬들

푸켓

제임스 본드 아일랜드

그렇지만 이런 것도 다 추억 아니랴?

제임스 본드 아일랜드에 온 사람들은 모두 손바닥 위에 섬을 올려놓는 사진만 찍는데, 나는 "쎄쎄쎄"하는 정다운 부부 모습을 사진기에 담았으니, 천편일률적 사진보다 훨씬 예술적이 아니겠는가!

6. 제임스 본드가 놀던 섬

7. 홍 사장 소유의 섬?

2011년 2월 26일(토) 맑음

다시 배를 타고 이제는 홍 아일랜드로 간다.

"홍(Hong) 아일랜드라니 언제 홍 사장이 이 섬을 샀는가?"

이름이 홍 아일랜드일 뿐 우리 일행인 홍 사장과는 전혀 관계가 없다. 그렇지만 홍 사장의 재력으로 보아 충분히 이 섬을 살만도 하다.

홍 아일랜드에서는 보트를 타고 섬을 한 바퀴 돌아보는 관광이 있다.

그러나 모두 노느라고 지쳤는지 보트 타는 관광을 마다한다. 나야, 뭐, 설사에다 축 늘어진 상태이니 말할 것도 없고……

한 시간 쯤 지나 다시 배는 돌아간다. 돌아가는 길에 라우와(Lawa)

팡아만의 섬들

아일랜드에 들린다.

이곳 섬들은 전부 수려하게 생겼다. 베트남의 하롱베이의 섬들과도 풍기는 기분이 흡사하다.

이 섬에서도 보트들이 유람선 주위로 모여든다.

"이번에는 보트를 타자!"

모두 보트를 탄다. 보트는 그늘 진 섬 절벽 밑으로 가는가 했더니 절벽 밑 동굴로 들어간다.

들어가니 이제 여기는 바다 한 가운데가 아니라, 섬 한 가운데이다.

섬 안의 바다, 동굴을 통해 들어온 곳, 그곳은 꽤 넓었다. 고개를 들어 위를 보니 하늘이 뻥 뚫려 있고 사방으로는 절벽이 빙 둘러 있으니, 섬 안의 호수인 셈이다.

섬 안으로 뚫린 동굴

7. 홍 사장 소유의 섬

보트들은 이리 저리 절벽을 따라 움직이고, 어떤 사람들은 맹그로브 나무에 올라 포즈를 잡기도 하고, 경치를 감상하기도 하면서 감탄을 한다.

그 누구도 섬 절벽 밑구멍으로 섬 안에 들어와 이런 것을 구경한다는 것을 생각이라도 했겠는가!

그래도 햇볕은 따가워 절벽 가장자리 그늘 밑으로 빙 둘러 노를 젓게 하면서 구경 한 번 잘 한다.

신기하기는 하나, 가만히 생각해보니 전혀 불가능한 일도 아닌데, 입으로는 감탄만 나온다.

얼마든지 있을 수 있는 일이지만, 우리가 직접 경험하지 아니한 것은 모두 신기한 것이다.

사실 이 세상 자체 모든 것이 얼마나 신기한 것인가? 하나하나 따져 보면 따져 볼수록 신기한 일투성이 아니겠는가!

일상에 익숙해져 있기 때문에 신기하지 않다고 느낄 따름인 걸!

또 일상에 익숙하지 않기 때문에 얼마든지 그럴 수 있는 일도 신기하다고 느끼는 것 아닌가?

우리 일상도 외국인의 눈으로 보면 얼마나 신기할까?

그러니 너무 일상에 젖어 심드렁하게 사는 것을 재미없는 일이라 생각하지 말고, 가끔은 자신의 무료한 일상에서도 신기함을 찾아 무료함을 달랠 수 있어야 할 것이다.

그럴 수 있는 사람이야말로 "이름하여 그대는 신선이니라!"

아니면 이렇게 여행을 떠나 우리 일상과는 전혀 다른 세상을 경험하면서 즐기는 것도……

우리 일행은 모두 이구동성으로 이번에는 보트 타길 잘 했다 한다.

푸켓

섬 안 맹그로브 나무

내가 생각해도 잘 한 일이다.

절벽 밑으로 배를 저어 그런 호수를 볼 수 있으니. 사실 한 시간 전만 해도 보트 타는 것을 심드렁하게 보고만 있지 않았는가.

만약 동굴을 통해 새로운 세상을 보지 아니하였다면, "괜히 보트 탔다."고 했을 것이다.

섬 안 호숫가 절벽에서 우리는 나무에 매달린 원숭이 몇 마리를 발견하다.

저들은 관광객이 던져 줄 먹이를 노리고 있다.

저 녀석들은 분명히 여기 사람들이 관광자원으로 활용하고자 데려다 놓은 것이리라.

그렇지 않으면 어찌 바다 한 가운데 이런 섬에 원숭이가 출현할 수

7. 홍 사장 소유의 섬

있을 것인가!

헤엄을 칠 줄이야 알겠지만, 그래도 망망대해인데…….

관광객들은 아무 것도 모르고 그저 신기해할 뿐이나, 가만히 생각해보면 교활한 사람들의 의도된 트릭인 것을.

다시 굴속을 항해하여 섬 밖으로 나온다.

굴 밖으로 나오니 보트를 몰아준 보트 주인이 팁을 기다리고 있다.

팁을 건네고 유람선에 오른다.

8. 장하다. 그 누구인지!

2011년 2월 26일(토) 맑음

밖으로 나오니 저 멀리 우리가 누비고 다니던 신선들이 살던 섬들이 보인다.

참 아름답다.

유람선은 이제 약 40분쯤 가더니 그늘 진 섬 해변에서 놀라며 사람들을 풀어 준다.

해변까지 가는 보트들이 기다리고 있다.

그래야 보트 주인들이 팁을 받아 생활할 것 아닌가?

사람들 가운데에는 유람선에서 뛰어 내려 헤엄을 쳐서 해변가로 간다.

나야, 뭐 아직도 컨디션이 좋지 않으니 유람선에서 사진기만 가지고 논다.

주내는 여기서 저기 해변까지 헤엄을 쳐서 가겠다고 한다. 가까워 보이나 언뜻 보아도 100미터가 넘는 꽤 먼 거리이다.

그러더니 물로 들어가 천천히 헤엄을 친다.

8. 장하다. 그 누구인지!

아름다운 바다

모자 쓴 얼굴만 내 놓고, 조금씩 조금씩 헤엄쳐 가고, 나는 그것을 보고 셔터를 누른다.

섬 해변에는 밑은 누렇고 위는 잿빛인 돌들이 몇 개 놓여 있고, 모래사장에선 관광객들이 물놀이를 한다.

홍 사장 등 대부분의 사람들은 보트를 타고 해변으로 간다.

주내는 헤엄쳐서 간다.

어느 새 해변에 다다라 있다.

그곳에서 문 사장 부부와 홍 사장을 만난다.

십여 분 그러다가 다시 헤엄을 쳐 유람선으로 돌아온다.

문 사장도 헤엄을 치며 돌아온다.

홍 사장과 문 사장 부인은 보트를 타고 그 뒤를 따른다.

푸켓

장하구나!

홍 사장 표정을 보니, "보트 타면 편할 걸……. 왜 고생을 하누!"라는 표정이다.

유람선으로 오는 도중 보트에 오르라 해도 씩씩한 주내는 점잖게 거절한다.

그러면서 천천히 이쪽으로 온다.

문 사장은 벌써 도착했다.

주내가 보트 타지 않은 이유는 결코 보트 주인에게 주어야 할 팁 값이 없어서가 아니다. 또한 팁 값을 아끼려고 그러는 것도 절~대 아니다.

자기 자신의 능력을 시험해보고 싶은 것이다.

그리고 그래서 성공하지 아니하였는가!

유람선으로 오르는 주내의 얼굴은 "I'm proud of me!"이다. 얼굴에

8. 장하다. 그 누구인지!

놀이 배

뽐내는 기색이 완연하다. "해냈다!"는 표정이 역력하다.

보기가 좋다.

바다는 잔잔하고 헤엄치기 좋은 조건이었다.

그렇지만 약간의 파도라도 있었다면……. 자연을 우습게보면 안 되는데…….

제발 저것이 자만으로 이어지지 않기를 기도한다.

9. 놀려면 건강해야 한다.

2011년 2월 26일(토) 맑음

잘 놀았다. 아니, 아프지만 않았으면 잘 놀았을 것이다.

그나마 내 대신 주내가 즐거워했으니 다행이다.

홍 사장 덕분에 맛있는 것도 많이 먹고 즐거워 할 기회가 정말 많았는데……

그저 미안한 마음뿐이다.

사실 3일 동안의 짧은 여행에 대해 별 감흥이 없다.

볕은 따갑고, 속은 거북하고, 그러니 경치가 눈에 들어오겠는가?

기억나는 건 슬프지만 '~똥'뿐이다.

파똥 비치(Patong Beach), 삐삐똥 섬(Phi Phi Don Island), 똥싸이 섬(Don Sai Island), 그리고 설사……

사실 삐삐 섬이나, 팡아만의 섬들은 너무나도 아름다운 섬들이었다.

베트남의 하롱베이처럼!

그렇지만 몸이 불편하면 다 헛거라는 것을 경험한 여행이었다.

결국 "몸이 건강해야 놀 수 있는 것"이라는 짧은 진리 하나만 교훈으로 얻어 온 여행이었다.

주내와 내 회갑 기념 여행이었는데 말이다.

"노세, 노세, 젊어서 노세."가 잘못된 것이 아니었다. 젊어서 논다고 그것이 잘못된 것은 결코 아니다.

일하는 것도 노는 것처럼 즐겁게 하고, 돈 버는 것도 노는 것처럼 즐겁게 하고, 하고 싶은 일은 무엇이나 다 노는 것처럼 즐겁게 할 수는 없

절벽 돌기둥

을까?

얼마든지 그렇게 할 수 있음을 이제야 깨닫는다.

어차피 이 세상 놀러 왔으면, 잘 놀다 가야 하지 않겠는가?

하느님이 이 세상에 내 보냈을 때에는 즐겁게 잘 놀다 오라고 보내신 것 아니겠는가?

잘 놀 수 있는 데도 불구하고 그렇게 하지 못하였음은 전적으로 본인의 탓이지, 결코 운명의 탓이 아니다.

모든 것을 긍정적으로 생각하고 즐기면 되는 간단한 일인데, 자신을 지지고 볶으며 괴로워하고 원망하고, 그런 것이 왜 하늘의 탓이란 말이냐!

하늘의 본뜻을 알고 즐겁게 살면 되는 것을!

이제 돌아갈 날이 머지않으니 깨닫게 되는 것인지도 모르겠다.

그래도 일찍 깨달은 셈이리라.

이제부터라도 잘 놀아야겠다 굳게 결심한다.

아니 사실은 지나온 인생을 훑어봤을 때, 나만큼 잘 논 사람도 없을 것이다.

비록 깨닫고 논 것은 아닐지라도 그 동안 잘 놀았다고 생각한다. 이번 여행만 빼고.

그러자면 건강해야 한다. 건강하지 않으면 잘 놀래야 놀 수가 없는 것이니…….

아침 일찍부터 짐을 싼다.

홍 사장은 비즈니스 때문에 남고, 우리 일행은 공항으로 간다.

비행기를 탄다.

비행기에서 내려다보이는 바다는 어제 갔던 팡아 만이다.

비즈니스 에어, 이 비행기는 올 때와 똑 같다.

좌석도 비즈니스 석이건만, 역시 술은 없다. 밥도 쇠고기 아니면 닭고기, 둘 중 하나만 먹어야 한다.

나는 '비즈니스 에어'라는 이 타이 비행기가 싫다. 정말 싫다. 싫다!

속은 아직도 거북하고…….

이 비행기 이름은 내 블랙리스트에 올려놓았다. 여러분도 타지 마시라!

그래도 지긋지긋하던 푸켓 여행이 끝난다는 사실에 감사한다.

아마도 부산에 도착하면 메스꺼운 속이 풀리리라. 희망을 갖는다.

부산 공항에서 내려 집에 가는 길에 구포의 재첩국 집에 들려 저녁을 먹는다.

9. 놀려면 건강해야 한다.

푸켓 공항의 비행기들

다시 또 탈이 날까 봐 조심스레 먹었지만 입맛은 당긴다. 그리고 다행히도 아무 일도 일어나지 않았다.

재첩국 할매로부터 문사장이 얻어 준 누룽지로 다음 날 아침 눌은밥을 해 먹고 나니 그 다음부터는 속이 편해졌다.

먹고 싶은 누룽지를 몽땅 나에게 준 문 사장에게 감사한다.

그리고 푸켓에서 맛있는 것도 사주고 놀아준 홍 사장에게도 감사한다.

잘 놀아준 주내에게도 감사하고.

다만, 홍 사장이 온갖 흥행과 식(食)과 주(住), 그리고 또 다른 주(酒)를 책임졌으나, 제대로 먹어 주고 마셔 주고 즐겨 주지 못해 못내 미안하다.

다시 한 번 기회를 준다면 마음껏 놀아주고 먹어 주고 마셔줄 거다.

〈푸켓 여행기 끝〉

푸켓

10. 무료한 시간 활용법

2016년 1월 31일(일) 맑음

이번 여행은 치앙마이/치앙라이 4박 6일 패키지 상품인데, 50만 원밖에 안 된다.

그것도 대한항공을 이용하는데다가 부산 출발이다.

보통 부산에서 치앙마이까지 항공료만 7-80만 원 이상 드는데, 4박 6일 동안 재워 주고, 먹여 주고, 구경시켜 준다는데, 어찌 이 기회를 놓칠 수 있으리오.

대뜸 인터넷으로 예약과 동시에 입금시켜 버린 것이다.

그리곤 주내가 서울에 있는 처제에게 전화를 걸어 함께 가게 된 것이다.

마암, 난담, 주내, 그리고 나는 2시 30분, 집 앞에서 택시를 타고 출발한다.

공항에는 3시 10분에 도착.

하나투어에서 표를 받고 탑승 수속을 하고 면세점에서 코냑을 한 병 산다.

5시 40분에 이륙하여 치앙마이에 도착한 것은 밤 12시가 다 되어서였다. 치앙마이 현지 시간은 2시간을 늦추어야 하니까 현지 시간 10시 가까이 된 것이다.

비행기가 도착하자 사람들은 "와!"하고 일어선다.

서서 기달 게 뭐람!

일어선다고 빨리 나가는 것도 아닌데……

앉아서 기다리다 내 차례가 오면 그때 일어서서 나가도 되는 걸.

이런 걸 알면서도 사람들은 제 성질에 못 이겨서 일어서 가지고 기다린다.

사람은 여유가 있어야 한다. 여유는 즐길 수 있는 소중한 것인데, 그 여유를 스스로 까먹는다.

그리고 비행기에서 빨리 나와도 어차피 소용없다.

짐 찾으려면 비행기에서 짐을 내려놓아야 하니, 짐 찾는 데서 또 서서 기다릴 수밖에 없는 것이다.

출국 수속을 하는 데에서도 줄을 서 있다.

창구가 대여섯 개 되는데, 각 줄마다 10여 명씩 차례를 기다리고 있다.

치앙마이 공항

치앙마이

우린 비교적 앞자리에 앉아 비교적 일찍 나온 셈이다.

그래서 그 가운데 가장 짧다고 생각되는 줄에 서서 차례를 기다린다.

그런데 줄은 잘 서야 한다.

짧은 줄이 좋은 게 아니라 세관 직원이 일 잘하는 줄에 서야 한다.

세관 직원들 가운데 누가 일처리를 잘하는지 잘 살펴보고, 어느 줄이 빨리 줄어드는지를 살펴야 한다.

물론 여기에서는 일을 꼼꼼하게 하는 직원이 일 잘하는 직원이 아니다.

그저 대충 대충 보고 도장 쾅 찍어 주는 직원이 우리에게는 훌륭한 직원이다.

제일 짧은 줄에 서 있었지만, 우리가 서 있는 줄은 줄어들지 않는다.

잘못 선 셈이다.

능력이 없는 건지 아니면 꼼꼼하고 너무너무 성실한 건지, 정말 줄이 안 줄어든다.

우리 뒤에 나온 사람들도 다른 줄에 서서 입국을 하여 짐 찾는 데로 가는데…….

결국 우리는 꼴찌로 나온다.

그래도 상관없다.

입국 수속하는 데에서 기다리나 짐 찾는 곳에서 기다리나, 기다리는 것은 마찬가지인데, 이 시간을 사람들은 답답해하고 무료해 한다.

무료한 시간을 잘 보내려면 여유롭게 그 시간을 활용하면 된다.

예컨대, 이것저것 자세히 천천히 뜯어보면서 일하는 사람들의 관상을 비교해 보면서, 저 사람 코는 왜 조렇게 생겼고, 이 사람 코는 왜 이렇게 생겼을까?

눈은? 입은?

이렇게 비교해 가면서, 왜 저 사람은 일을 빨리빨리 하고 이 사람은 느리게 할까를 연관시키다 보면, 해외여행 몇 번 만에 관상쟁이 수준이 된다.

꼭 관상뿐만이 아니다.

이런 무료한 시간에는 사물이든 현상이든 무조건 자세히 관찰하면서 뇌 운동을 해야 한다.

이건 정말 좋은 습관이다.

그러다 보면 관찰력도 증진되고, 치매 예방에도 도움이 된다.

'눈치 빠른 놈은 절에서도 새우젓도 얻어먹는다.'는 속담이 있듯, 세상

공항에서 대기하고 있는 관광버스들

을 편하게 살려면 흔히 하는 말로 눈치가 빨라야 한다고 한다.

눈치를 사회과학적 용어로 표현하면, 곧 관찰력이다.

관찰력을 키우면 세상살이가 편해진다.

건강에도 좋고!

우리가 늦게 나갔으나, 일찍 나간 사람들도 결국 짐 찾는 데서 기다리고 있다.

짐만 빨리 찾으면 뭐하누?

현지 가이드가 출발하려면 늦게 나오는 최후의 일인까지 기다려야 하는데…….

10. 무료한 시간 활용법

11. 치앙마이의 잠 못 이루는 밤

2016년 1월 31일(일) 맑음

밖으로 나와 현지 가이드와 함께 관광버스로 간다.

차에 타자마자 가이드는 김형욱 부장이라고 자기소개를 한다.

사실 직급은 차장이지만, 옛날 중앙정보부장하고 이름이 같으니 부장님이라고 불러 달라 한다.

사람 나름이겠지만, 김형욱이 별로 썩 좋은 이름은 아닌 거 같아, 이름은 빼고 그냥 부장님이라고 불러 주기로 마음먹는다.

우리 일행은 모두 38명이어서 버스 두 대로 나누어 타는데, 우리 차에 타는 사람은 18명이라 한다.

이 18명이 며칠 동안 생사고락을 같이해야 하는 분들이다.

호텔은 란나 팰리스(LANNA PALACE) 2004라는 호텔인데, 치앙마이에서는 꽤 유서 깊은 호텔이란다.

다시 말해서 역사가 있는 5성급 호텔인 셈이다.

듣기 좋은 말로는 역사가 있는 호텔이고, 그냥 말하면 오래 된 호텔이고, 듣기 나쁜 말로 하면 낡은 호텔이라는 말이다.

아마 2004년에 지은 호텔인 모양이다.

그러니, 아 다르고 어 다르다는 것을 다시 한 번 느낀다.

이왕이면 좋은 말로 좋게 생각하자.

나쁘게 생각한다고 좋아지는 것은 아니지 않는가!

또한 5성급 호텔이라고 해도 방콕의 5성급과 시골의 5성급은 그 수준이 다르다. 특히 후진국에 갈수록 그 차이는 크다.

치앙마이

란나 팰리스 2004 호텔

우리는 1102호에, 마암 내외는 1101호에 방을 배정받고 들어가 짐을 풀며 보니, 역사가 깃든 호텔치고는 꽤 괜찮아 보였다.

시간은 11시인데, 마암을 불러 꼬냑을 한 잔 한다. 안주는 고추조림이다.

그리곤 침대에 누워 내일을 대비한다.

그런데 잠이 안 온다. 치앙마이의 잠 못 이루는 밤이다.

혼자서 자문자답한다.

"잠자리가 바뀌어서 그런가?"

"글쎄~, 그건 아닐 턴디. 왜냐믄 다른 데선 이런 적이 없었으닝께."

"설레어서 그렁가?"

"에이~, 그건 더더욱 아니다."

11. 치앙마이의 잠 못 이루는 밤

"잠의 은사가 사라졌나?"

"하느님이 나를 버리실 분이 아닌디……."

"그렇담, 잘 자던 사람이 왜 못 잘까?"

"정말 모른다, 그걸 알면 잤지."

왜 이런 때 학구열이 발생하는지 모르겠다.

잠 못 이루는 이유는 잠이 안 드는 이유를 모르니까 못 자는 것이다. 아마도 알아낼 때까지 밤을 홀딱 샐 거 같다.

에잉!

그래서 주제를 바꿔 본다.

못 자는 이유를 캐 봐야 계속 못 잘 테니까, 잘 잘 수 있는 방법을 찾는다.

"코냑을 한 잔하면, 안 될까?"

"해봤지~. 그런데도 안 와!"

근데, 정말 이상하다. 왜 잠이 안 올까? 수면제인 꼬냑도 한 잔 했는데…….

"한 잔 더 하면?"

"그러다 한 병 다 마시겠다~. 아껴야 되는디……."

12. 개 팔자가 상팔자!

2016년 2월 1일(월) 맑음

6시 모닝 콜 하기 전부터 깨어 있었다.

성경 말씀대로 나는 늘 깨어 있다.

밤에 잠을 못 잤지만, 그래도 오늘 하루는 무사할 거다.

믿습니다!

샤워 후 6시 30분 밥 먹으로 식당으로 간다.

먹을 게 없다.

맛이 없다는 게 아니라, 맨 빈 접시뿐이다. 우리보다 일찍 온 사람들

호텔에서 내다본 풍경

12. 개 팔자 상팔자!

호텔 앞 거리

이 다 먹어 버렸기 때문이다.

호텔 종업원을 불러 이야기를 하니 알겠다고 하고는 감감무소식이다.

야들이 성의가 없어서가 아니라, 느린 것이다. 정말 느리다. 기다리다 가는 점심때가 될 거 같다.

그래도 먹는 시늉이라도 해야 오전을 견딜 수 있다는 심오한 진리는 예부터 깨달아 체화된 상태이니, 남은 거라도 처리해야 한다.

먹는 둥 마는 둥 침실로 올라가 이를 닦고 바쁘게 내려온다.

7시 30분 코끼리학교로 출발한다.

거리는 오토바이가 조금 다닌다.

러시아워는 여느 대도시와 다를 바 없이 복잡하다고 한다.

현재 치앙마이에는 교포가 3,000명 정도 사는데, 그 중의 반인 1,500

여 명이 선교사와 그 가족들이고, 학생과 일하는 사람이 각각 750명 정도
된다고 한다.

김 부장 말에 따르면, 사람들은 순박하고 치안이 잘 되어 있어 그렇게
위험하진 않지만, 소매치기는 조심해야 한다고 주의를 준다.

그러니까, 치안이 양호하다고 지갑을 내놓고 보이면서 다닐 필요는 없
다는 말이렷다!

김 부장의 말을 이렇게 해석하는데, 갑자기 내 지갑의 안부가 궁금하
다.

지갑이 잘 있나 봉창을 확인해보니, 으~ 없다!

아마도 방에 놔두고 나온 듯하다. 버스 타는 동안 소매치기 당한 건
아니니까!

에이, 지갑을 놓고 나왔네! 우짜노? 팁을 줘야 하는디~

마암에게 돈을 강탈할 수밖에 없다.

이건 치안 문제와는 다른 문제이다.

마암이 옛날, 그것도 먼 옛날, 골프 치러 태국에 왔을 때 바꾸어 놓았
던 바트를 한 뭉치 가져 왔다니까.

그래서 반 뭉치를 빼앗는다.

큰 돈 작은 돈 그렇게 섞어 3만 바트 정도가 내 주머니에 들어 왔다.

3만 바트면 우리 돈으로 얼마냐고?

100바트가 3,500원이니, 1,000바트면 35,000원이고 3,00바트면 10
5,000원이다.

제법 큰돈이다.

여기는 영국이나 일본처럼 차가 좌측통행을 한다. 그러니까 길 건널

12. 개 팔자 상팔자!

츠위다껑 사원 법당 안의 개

때는 오른쪽을 잘 보고 건너야 한다.

오른쪽만 잘 보면 안 된다. 가끔 역주행하는 차들, 특히 오토바이 같은 게 있으니 양쪽을 잘 살피고 건너야 목숨이 안전하다.

길 가면서 보니 전봇대가 둥글고 길지 않고 네모꼴로 길다는 것도 우리나라와 다른 점이다.

허긴 전봇대가 동그래야 한다는 것은 우리가 가지고 있는 편견이다.

얼마나 많은 편견 속에 우리가 존재하는가!

편견을 깨고 새로운 사고의 지평을 넓힐 수 있는 게 여행이 주는 최고의 선물이다.

태국엔 뱀이 많다.

그러니 차 말고도 비~얌을 조심해야 한다. 특히 고인 물이 있는 곳에선!

치앙마이

또한 이곳에서 가장 많이 볼 수 있는 동물은 개다. 길거리에도 사원에도 어슬렁거리는 개들이 정말 많다.

여기에선 개가 사람을 경계하지 않는다. 사람들이 먹을 걸 줘서 그런지 주인도 아닌데 졸졸 따라 다닌다.

그러니 개가 다가온다고 특별히 개를 무서워할 필요는 없다. 사람들도 개를 경계하지 않는 것이다.

그렇지만 예외는 언제나 존재한다. 미친개만큼은 경계해야 한다.

그리고 이들 개 팔자야말로 늘어진 팔자이다.

여기에선 그 누구도 개를 보고 군침을 흘리지 않는다.

그뿐인가?

사람들이 주는 거 받아먹고, 늘어지게 자면 된다.

태국엔 절이 많은데, 부처님 앞에서도 앞 다리를 쭉 뻗고 침을 질질 흘리며 자도 절대 내쫓지 않는다.

사람이 절에 들어갈 땐 경건한 마음으로 신발을 벗고 들어가야 한다. 모르고 신발을 신고 들어가다간 야단을 맞는다.

그렇지만 개는 야단맞지 않는다.

왜냐고? 개는 원래부터 신발을 안 신으니까 그런 거지~.

여하튼 개 팔자 상팔자다.

죽어서 소로 환생을 한다면 인도에서 태어나야 하고, 개로 환생을 한다면 여기에서 태어나야 한다.

절에는 또한 꽃 파는 이들이 많다.

사람들은 꽃을 사서 부처님께 바친다.

12. 개 팔자 상팔자!

13. 코끼리는 하루에 몇 번 똥을 쌀까?

2016년 2월 1일(월) 맑음

오늘 가는 곳이 코끼리 학교이다. 정확하게는 코끼리 공원이다.

코끼리는 보기에도 그 큰 덩치에 순박하고 눈웃음치는 눈과 흔드는 코를 보면 친근감이 인다.

우린 그렇게 생각하지만, 코끼린 그렇게 생각하지 않는다.

물론 훈련 받아 길들인 코끼리야 그렇지 않겠지만, 야생 코끼리는 매우 위험한 동물이다.

특히 어미 코끼리는 모성애가 강하기 때문에 아기 코끼리가 귀엽다고 가까이 가지 않는 게 좋다.

코끼리학교: 인사

여기서 아기 코끼리는 두 살 미만의 코끼리를 말함인데, 어미를 졸졸 따라다니며 젖을 먹는 모습이 귀엽긴 하다.

그렇지만, 그저 멀리서 눈으로만 감상해야 신변이 안전하다.

또한 발정 난 수컷들도 조심해야 한다.

수코끼리는 25년이 지나면 성년이 되어 한 해에 한 번 정도 눈과 귀 중간에 있는 옆머리샘이 부풀어 올라 강한 냄새가 나는 호르몬을 2~3개 월 동안 흘리고 다니는데, 요 때가 가장 위험한 시기이다.

이때 코끼리의 눈에서는 피눈물이 나온다.

그러니 코끼리의 눈이 벌겋게 충혈 되어 눈물이 흐르면, 절대 가까이 갈 생각일랑 하덜 말고 유비무환의 정신으로 피할 준비를 하라!

오늘 아침 인터넷에 바로 이곳에서 코끼리에 밟혀 사람이 죽는 사고 가 실렸는데, 그 원인이 발정에 있다 한다.

오늘 코끼리 공원엘 가는데, 왜 하필 오늘 인터넷에 이런 기사가 나오 는가?

오늘 하루도 무사히! 속으로 기도를 한다.

코끼리는 그 덩치만큼 먹는 양도 많다. 하루에 한 번이나 두세 번 먹 는데, 보통 하루에 150~300kg정도 된다.

배고프면 먹고 배부르면 안 먹기 때문에 하루에 한 번 내지 두세 번 먹는다고 표현한 것이니 오해마시라!

만약 이걸 두 끼로 계산하면, 한 끼에 75~150kg 정도를 먹는 것이 고, 세 끼로 계산하면 50kg에서 100kg 정도 먹는 게 된다.

보통 어른 코끼리는 하루에 나뭇잎이나 나뭇가지, 풀, 댓잎, 과일 따 위를 300kg을 먹어야 하는 것이다.

13. 코끼리는 하루에 몇 번 똥을 쌀까?

　요걸 일 년 동안으로 계산해보면, 코끼리 한 마리가 먹는 연간 먹이의 총량은 평균 60톤 내지 110톤 정도 된다.

　그러니까 지 몸무게의 약 15배 정도를 먹는다고 보면 된다.

　이렇게 설명을 해도 얼마나 먹는지 상상이 잘 안 가시는 분들은 그저 "여하튼 엄청 먹는다."는 사실만 기억해 두시라.

　한편 요렇게 먹을 때 목매이지 않게 물도 마셔야 하는데, 한 번에 5리터에서 9리터 정도를 마신다.

　하루에 70리터 내지 90리터의 물이 필요하다.

　그래서 건기에는 물을 찾아 이동한다.

　이런 까닭에 옛날 이곳 임금님께서는 마음에 안 드는 신하에게 코끼리를 하사했다고 한다.

코끼리

치앙마이

코끼리를 받은 신하는 임금님이 준 코끼리인데, 함부로 대할 수는 없고 멕여 살려야 하는디, 먹는 양이 엄청나기 때문에 있는 가지고 있는 재산은 코끼리 먹이로 다 들어가고 결국 재산을 탕진하기 마련이라 한다.

그래서 임금님이 코끼리를 한 마리 주신다고 하면, 양 팔 들고 무엇을 잘못했는지 깊이 반성하고 극구 사양해야 한다.

하루 300kg을 먹으면, 대략 16미터의 위와 창자에서 이 가운데 약 40%를 소화 시키고 나머지는 배설한다.

어떤 동물학자는 코끼리가 하루에 몇 번이나 똥을 싸는지 관찰하기 위해 코끼리 뒤를 하루 종일 따라다니면서 세어 봤다고 한다.

정말 학구열이 대단한 존경스러운 동물학자이다.

그 결과 코끼리는 하루에 약 16번 정도 똥을 싼다는 사실을 알아냈다.

코끼리 가족

13. 코끼리는 하루에 몇 번 똥을 쌀까?

코끼리: 먹이주기

한마디로 하루 종일 30분마다 한 번씩 계속 싸는 셈이다. 이 똥을 일 년 동안 모아 놓으면 어지간히 큰 수영장을 꽉 메울 정도의 양이 된다고 한다.

코끼리는 보통 30~40마리씩 무리를 짓고 산다.

이들 가운데 암컷과 새끼로 구성된 평균 10마리가 한 가족이라 한다.

그러니까 보통 3~4가족이 모여 사는 셈이다.

수컷은 어른이 되면 가족과 떨어져 나와 다른 수컷들과 무리를 지어 생활하는데 가끔 가족을 찾는다고 한다.

보통 코끼리는 4년에 한 번 임신을 하는데, 임신 기간은 20~22개월 이고, 보통 한 배에 1마리를 낳는다.

물론 드물게 쌍둥이를 낳는 경우도 있다.

코끼리는 죽을 때까지 임신을 할 수 있으며, 심지어 죽은 암컷의 배에서 새끼를 가진 것이 발견되기도 한다고.

코끼리가 먹이를 찾아 이동할 때에는 평균 시속 4~6킬로미터의 속도이지만, 위험을 느끼거나 공격할 때에는 시속 40킬로미터로 달릴 수 있다.

코끼리는 듣기 감각이 매우 뛰어나 주변에 호랑이 등의 맹수가 나타나면 음파로 다른 동료들에게 위험 신호를 보내는데, 수 킬로미터 밖에서도 이 음파를 감지할 수 있다.

그렇지만 보는 감각은 둔하며, 색맹이어서 적의 접근을 탐지하는 것은 냄새감각을 이용한다.

코끼리의 상아는 먹이를 파 낼 때나 싸울 때 사용하는데, 약 1톤 정도의 물체를 들어 올리고 운반할 수 있다.

피곤할 때에는 거추장스러운 코를 상아에 올려놓고 쉬기도 한다.

어금니는 아래 위 한 쌍이 있는데 이갈이는 어릴 때 3번, 어른이 되어 3번 한다.

나이가 60~70세 정도 되면 이가 빠지고 결국 먹이를 씹지 못해 굶어 죽게 된다.

13. 코끼리는 하루에 몇 번 똥을 쌀까?

14. 똥 커피 찾는 분들의 입맛은 존중받아야 한다.

2016년 2월 1일(월) 맑음

동남아엔 유명한 커피가 많다.

특히 다람쥐 똥 커피가 한때 유행하더니만, 요즘에 새로 개발된 메뉴가 코끼리 똥 커피이다.

커피 만드는 법은 다람쥐 똥 커피나 코끼리 똥 커피나 마찬가지이다.

다만 코끼리는 고도에서는 못 살기 때문에, 해발 600m에서 800m에 있는 코끼리에게서만 코끼리 똥 커피를 얻을 수 있다고 한다.

본디 이곳에선 아라비카 커피가 유명한데, 이 커피 알맹이를 코끼리에게 먹이고 코끼리가 싼 똥에서 다시 커피 알맹이를 수거하여 잘 씻어서

코끼리 트레킹

치앙마이

볶아 만든 커피가 코끼리 똥 커피라는데, 에스프레소 한 잔에 6만 원이나 나간다 한다.

그런데 코끼리가 하루에 16번 배설한다고 하니 30분에 한 번꼴로 배설하는 셈이니까 이 똥을 수거하려면 하루 종일 똥자루 들고 코끼리 뒤를 졸래졸래 따라다녀야 한다.

그러니 비쌀 수밖에!

참. 사람들 입맛도 가지가지이다.

코끼리 똥 속의 커피 알갱이를 가지고 볶은 커피를 이리도 비싼 돈 주고 사 먹는 사람들, 정말 그 맛을 알고 즐기는 걸까? 늘 의심이 든다.

돈이 많으면 사회에 환원하고 가난한 사람들을 위해 쓰면 오죽 좋을까?

이건 단순한 내 생각이고, 내 돈 내가 주고 코끼리 똥 커피 마시는 거 자체를 비난할 필요도 없고 비난하고픈 마음도 없다,

왜냐면 개인의 자기결정권을 존중해야 하고, 더더욱 존중해야 할 것은 그 사람의 입맛이기 때문이다.

여하튼 그 입맛만큼은 존중해 줘야 한다. 숭배할 필요는 전혀 없지만. 쩝!

그러나 맛도 모르면서 비싼 돈 주고 똥 커피를 마시는 사람들도 있을 거 같은데, 이런 분들은 사회에서 특별 관리 대상으로 지정해야 하지 않을까?

이것도 짧은 내 소견이다.

어찌되었든 우리 같은 사람은 '똥 커피' 말만 들어도 입맛을 다시는 사람들과는 좀 다르다.

14. 똥커피 찾는 분들의 입맛은 존중받아야 한다.

그리고 돈이 없으면, 똥 커피 같은 것에 절대 입맛도 다시면 안 된다.

일단 매땡 코끼리공원에 왔으니 코끼리를 타고 트레킹을 해야 한다.

비록 어제 코끼리에게 관광객 한 사람이 밟혀 죽었다는 인터넷 기사를 보고 조금 두려운 생각은 들었지만, 그렇다고 코끼리 타기를 그만 둘 생각은 전혀 없다.

차례로 줄을 서서 코끼리 등에 올라타면, 코끼리가 계곡을 따라 어슬렁어슬렁 걸어간다.

한 30분쯤 어슬렁거리다가 되돌아오는 것이 코끼리 트레킹이다.

마암 부부가 탄 코끼리는 애기 코끼리가 졸래졸래 따라다니며 젖을 빨기도 하고, 먼 산 보고 딴청을 부리기도 한다.

그 모습이 참 귀엽다.

딴청 부리는 아기 코끼리

치앙마이

사진기로 사진을 찍으려 했으나, 흔들흔들하여 초점이 잘 안 맞는다.

날씨는 쾌청하여 너무 밝은데다 초점도 잘 안 맞은 채 셔터를 누르니 그럴듯한 사진이 나올 수 없다.

그냥 찍고 찍히는 재미이다.

코끼리 타기를 마치고 이제는 물소가 끄는 소달구지 타기이다.

우리나라 소와는 달리 등에 혹이 있는 대부분 흰 색(누런색도 있음)의 소 두 마리가 달구지를 끄는데, 이것도 별 거 없다.

소 달 구 지 는 말라가시에서도 타보지 않았든가!

역시 새로운 경험이 필요한 법이다.

새 거 찾는 심리는 물건이나 경험이나 마찬가지이다.

어 찌 되 었 든 소달구지를 타고, 동네를 한 바퀴

코끼리 트레킹

14. 똥커피 찾는 분들의 입맛은 존중받아야 한다.

도는데, 마부--아니 소를 모는 사람이니 소부라 해야 되나? —가 고삐와 채찍을 쥐어 주고는 사진기를 빼앗은 채 소를 몰아보라고 명령한다.

우리는 이런 명령에 기꺼이 따른다.

마부는 내려서 걸어가며 사진을 찍어 준다.

길거리에는 바나나 파는 사람이 바나나를 사라고 한다.

소달구지 타기

그러면 반드시 사줘야 한다.

100바트 주면 바나나 한 뭉치를 주는데, 그 바나나를 소에게 팁으로 주는 것이다.

때로는 마부가 뺏어 먹는 경우도 있지만, 소는 아무 말도 못한다.

치앙마이

64

15. 코끼리 재롱떨기

2016년 2월 1일(월) 맑음

코끼리 공원의 한편에서는 코끼리 쇼가 한참이다.

코끼리는 지능이 매우 높다고 알려져 있다.

코끼리의 뇌는 인간의 뇌 두 배 정도 되는데, 뇌가 크다고 지능이 높은 건 아니지만, 여하튼 영리하고 기억력도 매우 좋다.

국회 근처에 가면 흔히 볼 수 있는 칠칠맞은 인간들보다 지능이 좀 높다고 보면 된다.

죽은 가족이나 동료의 뼈를 알아보고 슬퍼할 뿐만 아니라, 이동할 길, 과일나무가 있는 곳, 가뭄에 물을 찾는 방법, 그 밖에 생존에 필요한 정보들을 잘 기억하고 있다고 한다.

알려진 바에 따르면, 30여 년 전에 헤어진 주인을 만나 과거를 기억하기도 했다는데…….

똑똑한 코끼리는 가격이 한 마리에 천만 원에서 육천만 원까지 나간다고 한다.

이걸 보면 세상은 참 불공평하다.

코끼리보다 못한 인간들이 여의도에서 일 년에 일 억이 넘는 연봉을 받고, 또 그 밑에 비서관이다 보좌관이다 하여 총 몇 십 억씩 쓰고 있는데, 그보다 나은 똑똑한 코끼리도 최고 많이 받아야 겨우 6,000만 원 정도 한다니, 이 어찌 불공평하다고 아니 할 수 있겠는가!

혹자는 환율 차이를 고려해야 한다고 말들 하지만, 아무리 생각해도 불공평하다.

이제 우리들은 똑똑한 코끼리를 만나러 간다.

관중석에 자릴 잡고 앉아 있으니 코끼리들이 일렬로 서서 인사를 한다.

한쪽 다리를 굽히고 쭈그려 앉으면서 인사 하는 놈이 있는가 하면, 앞 다리를 쭈욱 뻗으면서 코를 하늘 높이 들어 올리면서 인사를 하는 놈도 있고, 두 다리를 앞으로 모으면서 코를 땅으로 가져다 대며 공손하게 인사하는 놈도 있고, 앞 다리 하나와 코를 하늘 높이 쳐들고 건방지게 인사하는 놈도 있다.

코끼리마다 인사하는 법이 다 다른데, 그렇게 달라도 인사하는 것만큼은 알겠다.

이처럼 인사법이 다른 것은 주인이 다르기 때문이다.

코끼리는 주인이 가르치는 대로 인사할 뿐이다. 얌전한 주인을 만나면

코끼리 인사하기

코끼리 꼬리에 꼬리를 물고

얌전하게, 공손한 주인을 만나면 공손하게, 건방진 주인을 만나면 건방지게, 배운 대로 인사할 뿐이다.

그러니 주인을 잘 만나야 양반 코끼리 소리를 듣는다.

여하튼 인사가 끝난 후, 이 열 마리의 코끼리들 가운데, 앞장 선 두 놈은 "맨땡 코끼리 공원에 오신 것을 환영합니다."라는 팻말을 들고 그 뒤의 놈들은 앞의 놈 꼬리를 코에 말아 쥔 채 운동장을 한 바퀴 돌면서 코끼리 쇼의 시작을 알린다.

그리곤 뒷발 들기 시범을 보이기도 하고, 한 놈씩 관중석 앞에 와서 입 속을 보여주기도 하고, 코를 흔들고 발을 들면서 재롱을 떤다.

재롱떠는 코끼리의 들려진 앞발을 보니 발바닥이 하얗다. 코끼리 발바닥이 하얀 걸 이제 알았다.

15. 코끼리 재롱떨기

코끼리의 천적은 쥐라는 말을 들은 적이 있다.

천하무적 코끼리도 쥐는 무서워한다는데, 그 이유는?

코끼리가 잘 때 쥐가 와서 저 발바닥을 갉아먹으면 코끼리가 죽는다던데, 정말인지 모르겠다. 발바닥을 갉으면 코끼리는 기분이 황홀해져 갉아 먹히는 줄도 모르고 있다가 죽는다 한다.

그리곤 주인들이 코끼리 머리 위에 올라서기도 하고 상아 위에 올라서기도 한다.

여하튼 코끼리는 귀엽다.

코끼리 앞에 공을 가져다 놓으면, 코끼리는 공을 놓고 골문으로 뻥 걷어찬다.

골인이다!

코끼리 입속 보여 주기

치앙마이

코끼리 밀짚모자 씌워 주기

그러더니 관중석 앞으로 와 입을 크게 벌리고 입속을 보여준다.

사람들은 관중석에서 내려가 코끼리 앞에 가서 코도 만져 보고 머리도 쓰다듬어 준다.

그러면 관중석 앞의 코끼리들이 주인이 주는 밀짚모자를 코로 잡아서는 앞에 서 있는 사람의 머리 위에 올려놓는다.

밀짚모자를 씌워 준 대가로 코끼리가 좋아하는 사탕수수 한 토막을 팁으로 준다.

그러면 고맙다고 코로 손님들의 목을 휘감기도 한다.

나도 사탕수수를 팁으로 주고 한 번 휘감겨 보았는데, 코끼리 콧물—침은 아닐 거다. 코에서 나온 거니까—을 목에 묻혀 놓아 축축하여 질겁한 경험이 있다.

15. 코끼리 재롱떨기

16. 전생이 화가였든가?

2016년 2월 1일(월) 맑음

이번엔 코끼리 그림 그리기 감상이다.

코끼리 그림그리기는 그야말로 코끼리가 칠칠맞은 인간들보다 훨씬 더 영리하다는 것을 증명해주는 사례이다.

물론 화대(畵臺)는 주인이 세워 주고, 붓도 주인이 코끼리 코에 쥐어 주지만, 화대 앞 화폭에 그 붓을 가져다 찍는 것은 순전히 코끼리 몫이다.

화대(畵臺)를 주인이 세워 주고, 붓을 주인이 코끼리 코에 쥐어 주는 것은 이름난 화가의 경우 문하생들이 마땅히 해야 할 일인 것이다.

유명한 화가는 손수 화대나 붓을 챙기지 않는다. 밑에서 보조해주는

코끼리 그림 그리기

치앙마이

코끼리 그림 그리기

사람이 있을 때에야 비로소 유명한 화가가 되는 것이다.

이를 볼 때, 그림 그리는 코끼리는 이미 유명한 화가 코끼리이다.

다섯 마리의 코끼리가 옆으로 서서 그림을 그리는 모습은 정말 볼 만하다.

각기 다른 그림을 그리는데, 그림이 하나하나 완성되어 가는 것을 보면, 저놈들의 전생이 화가 아니었나 싶을 정도로 잘 그린다.

적어도 나보다 훨씬 낫다.

이렇게 그린 그림은 보통 15,000 바트에서 20,000만 바트에 팔려 나간다. 우리 돈으로 50만 원에서 70만 원 정도 나가는 고가품이다.

이를 보더라도 이들 코끼리는 이미 유명 화가 코끼리인 셈이다. 주인으로부터 화대와 붓을 챙기게끔 할 수 있는 자격이 충분히 있다.

16. 전생이 화가였든가?

이런 비싼 그림들은 주로 중국 애들이 여러 점씩 막 사간다고 한다.

야들은 돈이 남아돌아 막 사가는 것만은 아니다. 장삿속에 밝은 중국 인들인 만치 투자가치를 보고 막 사가는 것이기도 하다.

허기야 돈이 남아도니, 쓸데라곤 이런 것 밖에 없을 수도 있겠다.

언제 돈을 저렇게 많이 벌어 이렇게 관광 와서 저런 그림을 몇 점씩 사 가는가!

중국의 발전이 놀랍다.

실제로 관중석엔 거의 대부분 중국 사람들이다.

코끼리 쇼도 한국어로는 통역을 안 하는데 중국어로는 통역을 한다.

말 역시 돈 따라 가는 것이다.

그리고 보니 참 세월이 빠른 것이다.

코끼리 그림 그리기

치앙마이

코끼리가 그린 그림

그림값이 좀 비싼 거 아닐까 생각해보나, 내가 봐도 그럴 만한 가치가 충분하다고 생각할 만큼 잘 그린 그림들이다.

나도 하나 갖고 싶다. 여하튼 칠칠한 인간보다 백배 낫다.

내게 돈이 있다면, 적어도 코끼리 똥 커피보다는 이쪽에 돈을 쓰고 싶다.

코끼리가 그려 논 그림 사진을 올려놓으니, 여러분들도 한 번 감상해 보시라!

한편 이 코끼리들은 지능이 높은 훌륭한 코끼리들이지만, 이보다 조금 멍청한 코끼리들은 뙤약볕에서 나무나 나르는 막노동을 해야 한다.

참고로 코끼리의 평균 수명은 60세 정도로 태국 사람들의 평균 수명과 비슷하다.

16. 전생이 화가였든가?

물만 좋으면 더 살 수 있을 텐데, 먹는 물이 나빠서 그렇다 한다. 곧, 이곳 물은 석회수가 많아 함부로 마실 수 없다. 호텔이나 식당에서 주는 물이나 파는 물 이외에는 마시지 말아야 한다.

치앙마이

17. 왜 여자들을 진즉 군대 안 보냈는지?

2016년 2월 1일(월) 맑음

똘똘한 코끼리들과 이별을 하면 이제 대나무 뗏목을 타야 한다. 대나무 뗏목을 타고 래프팅을 하면서 치앙마이의 자연 경관을 감상하는 것이다.

대나무 뗏목을 타고 강 주변의 경치를 감상하는 것인데, 특별히 아름다운 경치는 아니다. 가끔 코끼리 트레킹하는 사람들을 보기는 하지만, 강양 옆의 경치는 나무들이 빽빽한 밀림일 뿐이다.

강 옆에 쓰러져가는 오두막을 지어 놓고 과일을 파는 소박하고 아담한 가게도 눈에 띈다.

뗏목 타기

17. 왜 여자들을 진즉 군대에 안 보냈는지?

대나무

떼목에서 내려 지름이 한 30cm쯤 되는 대나무 옆을 지나 다시 차를 타고 매뗑 코끼리공원으로 돌아온다.

이들을 다 마쳤는데도 시간은 12시 반이 채 안 되었다.

점심은 여기에 있는 식당에서 먹는다. 뷔페식인데 준비해간 코냑과 함께라면 먹을 만하다.

한편 가이드 김 부장은 나무와 나무 사이를 날면서 1시간 정도 계곡을 구경하는 짚 라인(Zip Line)이라는 것이 너무너무 재미있어서 자기는 올 때마다 빠지지 않고 탄다면서, 꼭 해봐야 할 스포츠라고 떠벌리며 신청을 받는다.

몇 번씩 강조하는 김 부장의 열성에 감복하기도 하였지만, 워낙 싼값에 나온 여행이라서 옵션을 몇 가지는 해주어야 하지 않을까 생각하던 차

치앙마이

에 주내가 선뜻 "해보고 싶어!"라고 하는 바람에 대뜸 신청을 하였는데, 일인당 80달러란다.

그러나 달러로 바꾸어 놓은 돈이 부족할 거 같아,

"외상이 되나?" 물었더니, 대뜸

"외상, 물론 되지요. 나중에 한국 가서 돈을 송금해주시면 됩니다."

그래서 일단 외상으로 신청을 한다. 외상이면 양잿물도 먹는다는 데……

짚 라인을 안 타는 사람들은 그늘에서 쉬고 있으면 되고, 주내와 나, 그리고 대구에서 왔다는 아줌마와, 목사님은 아니고 그 사모 등 몇 명은 산 위로 오른다.

남자는 나밖에 없다. 이런 걸 봐도 요새 여자들은 대단하다.

강가의 슈퍼마켓?

17. 왜 여자들을 진즉 군대에 안 보냈는지?

짚라인

옛날 군대에서 유격 훈련을 받은 적이 있으니, 나야 뭐 별 거 아니지만, 이 아줌마들, 할머니들은 그런 경험도 없이 선뜻 이런 유격 훈련을 하겠다고 나서다니, 왜 여자들을 진즉 군대 안 보냈는지 이해가 안 된다.

노르웨이에서는 작년부턴가 여자들에게도 국방 의무를 평등하게 적용한다 하여 여자들도 입대를 한다던데, 우리도 빨리 이런 제도를 도입해야 한다고 강력히 주장한다.

물론 산에 오르기 전에 계곡과 계곡 사이에 설치한 쇠줄에 안전 장비를 매어 놓고 다리를 쭉 뻗는 연습과 주의 사항까지 마쳤다.

산 위에서 본격적으로 짚 라인을 탄다.

아래로 내려가는 수직 하강 코스도 있고, 계곡을 가로지르는 코스도 있고, 여러 코스들을 잘 섞어 놓았는데, 조교들이 시범을 보이면서 안전장

치앙마이

짚라인에서 본 계곡

비를 점검한다.

한 시간 정도 고생을 하고 돌아오니 시원한 그늘에서 아이스크림 빠는 일행들이 그렇게 부러울 수가 없다.

물론 이런 체험이야 해 볼 만한 것이긴 하나, 체험에 비해 돈이 아까운 것이다.

한 2만 원 정도라면?

글쎄 그래도 별로 하고픈 마음이 안 드는데…….

주내와 나 둘이서 20만 원이 넘는 돈인데, 이 돈에 비하면 별로인 것이다.

아무리 외상이라도 이다음에는 절대 안 한다. 주내와 함께 맹세한다.

17. 왜 여자들을 진즉 군대에 안 보냈는지?

18. 돈 쓰는 법

2016년 2월 1일(월) 맑음

일행과 함께 2시간짜리 마사지를 받으러 간다. 타이 전통 안마인데, 이것은 옵션이 아니라 50만 원짜리 여행 패키지 안에 포함된 것이다.

나야 안마 받기를 싫어 하니까, 별로 마음이 내키지 않는데, 다들 하는 거니까 할 수없이 따라 한다.

방 안에 열 명 정도씩 누워 있으면, 안마사가 두 시간 동안 가두어 놓고, 꺾고 누르고 문지르고 지멋대로 한다.

그러면서 "아프냐?"고 묻는다.

샹그릴라 호텔을 지키는 코끼리

사내대장부가 아프다고 소리치기도 뭐 그래서, 그냥 "오케이, 괜찮아."
그렇게 대답하지만, 속으로는 빨리 끝냈으면 좋겠다고 생각한다.

개중에 다른 사람들은 "아프냐?"고 물으면, "시원하다"고 대답하면서
"좀 더 세게, 쎄게!"라고 주문한다.

내가 볼 때 분명 아픈 걸 텐데, 시원하다면서 더 세게 문지르고 눌러
달라니 그러는 사람들의 몸은 도대체 어찌 된 건지 도저히 모르겠다.

여하튼 고난의 2시간이 지나고, 팁을 3달러씩 지불한다.

이제 저녁 식사 시간이다.

저녁은 우리가 묵은 호텔보다 훨씬 좋은 샹그릴라 호텔 뷔페이다.

샹그릴라 호텔로 간다.

이 호텔은 치앙마이 최고급 호텔 이름값처럼, 흰 코끼리가 지키고 있

샹그릴라 호텔: 외관

18. 돈 쓰는 법

샹그릴라 호텔: 연

는 외관부터가 벌써 다르다.

한쪽으로는 기다란 못을 만들어 놓았는데, 그 안의 연꽃들도 조명을 받아 아름답다

뷔페식당으로 들어간다..

뷔페식당의 등(燈) 따위도 멋스럽게 꾸며져 있고, 뷔페식당의 음식 역시 이름에 걸맞게 최고급이다.

우리는 저쪽 정원 쪽에 자리를 잡는다.

정원에서는 오징어 등 해산물과 고기를 구워 준다.

연어 회 몇 조각과 다양한 초밥들 한 가지씩, 그리고 밖으로 나가 생오징어 구이를 가져온다.

먹어보니 오징어 구이가 제일 맛이 있다. 보들보들하니 촉감도 살아

치앙마이

상그릴라 호텔 뷔페

있고, 맛도 좋다.

아~, 그런데 술이 없다.

이 좋은 안주에 술이 없다니!

웨이터에게 맥주 500cc를 두 잔 시켜 마암과 한 잔씩 마신다.

맥주값이 고급 호텔답게 조금, 아니 많이 비싸긴 하지만, 이렇게 좋은 안주를 그냥 먹는 건 안주에 대한 예의가 아니다.

우린 어디에서나 예의만큼은 바르다.

허긴 여기 물가로 볼 때 500cc에 175바트니까 많이 비싼 것이지만, 우리 돈으론 6,000원 정도이니 몇 잔이고 먹을 만하지 않은가!

그리고 마암에게 강탈한 돈은 이런 데서 보람 있게 써야 하는 것이다.

역시 나는 돈을 쓸 줄 안다.

지금까지 태국에서 먹은 음식 중에서는 제일 맛있게 먹었다. 독한 술을 미처 준비하지 못한 것이 아쉽긴 하지만.

18. 돈 쓰는 법

19. 싸구려라도 괜찮다.

2016년 2월 1일(월) 맑음

흰 코끼리가 두 마리 버티고 있는 샹그릴라 호텔을 나오니 이제부터 치앙마이의 밤거리를 누비는 시간이다.

버스를 타고 야시장으로 간다.

물론 이것은 옵션 관광이다. 이걸 선택하지 않은 사람들은 호텔에 내리는데 대구에서 온 아줌마들 넷이다. 역시 똑똑한 아줌마들이다.

아까 낮에 김 부장이 열심히 설득하고 설득하여 도이인타논 국립공원 80달러, 고산족 30달러, 나이트 시티투어 60달러, 타이 전통 지압 40달러, 그리고 깐똑 디너 30달러, 모두 240달러인데, 이들을 모두 다 하면

치앙마이: 야시장

치앙마이

치앙마이: 야시장

210달러에 해주겠다며 애원 반 협박 반 하는 통에 대구에서 온 목사님이 중재에 나서서는 180달러에 낙착을 본 것이다.

　우리는 옵션 관광이니까 그 가운데 하고 싶은 것만 하고 싶었지만, 이렇게 협상이 된 마당에 우리만 안 하겠다고 하기는 좀 뭐 그렇지 않나 싶어. 김 부장이 뒤에서부터 할 건지 안 할 건지 점검해오는 사이에 "다른 사람이 다 하면 우리도 하겠다."고 입을 맞추어 놓은 터였다.

　김 부장이 우리 자리까지 와서 묻는다.

　"옵션 안 하실 건가요?"

　그래서 나도 묻는다.

　"다른 분들은 어찌하나요?"

　"물론 다 하기로 했습니다."

19. 싸구려라도 괜찮다.

"그렇다면, 우리도 해야지요."

그렇게 된 것인데, 나중에 버스에서 내리는 걸 보니 대구 아줌마들 넷은 쏙 빠진 거였다.

여하튼 열여덟 명 가운데 네 명은 빠지고 열네 명이 간 곳은 치앙마이의 야시장인데, 엄청 큰 곳이다.

이 시장엔 각종 공예품, 은 장신구, 악세서리, 실크 제품, 등(燈) 등 볼거리가 많다

야시장에 도착하니 8시이다.

약 40분인가 50분인가 시간을 준다. 마음껏 장을 보고 정해준 시간에 이곳에 모이라는 것이다.

우린 나이트 바자를 돌아다니면서 등(燈)도 사고, 옷도 사고, 머플러도

치앙마이: 야시장

산다.

역시 마암으로부터 강탈한 돈을 잘 써 먹는다.

등은 100바트, 그러니까 우리 돈으로 3,500원이다. 물론 가격은 여기 저기 부르는 게 좀 다르지만, 깎으면 100바트면 산다.

색색의 야구공만한 등이 주렁주렁 10여 개 매달려 있고 그 안에 조그 만 전구를 넣은 것인데, 요것이 100바트다. 마음에 드는 것으로 세 개를 사고, 이번에는 사각형으로 된 청사초롱처럼 생긴 그윽한 기품이 있는 등 을 150바트인가 주고 샀는데, 나중에 호텔에 와서 보니 기품이 있는 하나 짜리 등이 빠져 있다.

주내는 왜 그걸 돈만 주고 빠트렸는지 밤새 섭섭해 했다.

돈은 얼마 안 하니 안 아까운데, 물건이 아까운 것이다.

치앙마이: 야시장

19. 싸구려라도 괜찮다.

한편 옷가게에선 하늘색 실크 남방을 170바트, 그러니까 우리 돈 6,000원에 산다.

주내는 목에 두르는 머플러를 얼마인가 주고 산다. 얼마인지는 내 것이 아니라 기억은 못하겠는데, 여하튼 무지 싸게 산다.

이런 싸구려를 사도 괜찮을까?

그렇지만 이런 걸 기우라고 한다. 품질도 쓸 만하고, 돈에 비해 월등히 좋기 때문이다,

등은 집에 걸어 놓았더니 며느리가 와서 보고 탐내기에 기쁜 마음으로 며느리에게 양도한다.

그리고는 "더 사 올 걸!"하면서 후회한다.

치앙마이

20. 여왕은 구린내를 풍겨야 하는가?

2016년 2월 1일(월) 맑음

기쁘게 장을 보고 이제 툭툭이를 타고 치앙마이의 밤경치를 구경한다.

툭툭이는 오토바이 뒤에 두 사람이 앉을 수 있게 방을 달아낸, 쉽게 말해 오토바이 택시인데, 오토바이에서 나는 소리 때문에 툭툭이로 부르는 듯하다.

김 부장은 우리에게 마스크를 하나씩 노나 준다. 툭툭이에서 나오는 매연이 독하기 때문이다.

관광객을 싣고 툭툭이가 일렬종대로 서서 줄지어 달리니 앞의 툭툭이 매연이 뒷사람 코로 직통으로 들어오기 마련이다.

그러니 툭툭이를 탈 때 마스크는 필수이다.

시장에서 벗어나 치앙마이의 옛 성곽이 있던 곳, 지금은 대부분 해자만 남아 있고 옛 성곽은 일부가 남아 있는 곳을 툭툭이가 달린다.

옛 성은 둘레가 한 변이 1.6km x 2km인데, 성벽은 대부분 허물고 도로가 되어 그 위로 달리는 것이다.

가다가 중간에 내려서 남아 있는 성곽 사진도 찍고 조금 걷고 그랬으면 좋겠으나, 툭툭이는 그냥 경주하듯 달리기만 한다.

그러니 그냥 달리면서 눈요기만 할 수밖에 없다.

달리는 툭툭이에서 찍는 사진은 그렇지 않아도 야간 사진이라 초점 맞추기도 조리개 조정하기도 어려워 제대로 된 사진은 나올 수가 없다.

아깝지만 단념한다.

그런데 하늘이 이런 내 마음을 알았는지, 무너진 성곽 앞에서 정지 신

치앙마이의 옛 성곽

호를 보내 준다.

정지 신호에 툭툭이가 잠깐 서 있는 동안에 사진을 찍는다.

물론 내리질 못하니 찍고 싶은 각도에서 찍은 것이 아니라서 구도가 좀 뭣하지만, 빛 조절은 어느 정도 할 수 있어 그런대로 사진은 찍힌 것 같다.

자세히 보니 성곽은 벽돌인 전(塼)으로 만든 것이다.

교통 신호가 바뀌자 툭툭이는 쏜살같이 튀어 나가 왓 쩨디 루앙으로 향한다.

왓 쩨디 루앙에서 '왓'은 '절'이라는 뜻이고, '쩨디'는 '탑'이라는 뜻이며, '루앙'은 '크다'라는 뜻이니, 그대로 번역하면 '절 탑 큰'인데, 얘들은 우리와는 거꾸로 읽는 버릇이 있으니, 우리식으로 고치면 '큰 탑 절'이다.

치앙마이

왓 쩨디 루앙의 큰 탑

곧, 큰 탑이 있는 절이다.

이런 이름이 붙은 이유는 이 절 안에 큰 탑이 있기 때문이다.

1401년에 건설된 큰 탑은 90m짜리인데, 1545년 지진으로 60m 이하만 남아 있다.

그렇지만 큰 탑 가운데 감실에 있는 부처님은 그대로 남아 있어 사람들이 더더욱 신성시한다고.

이 '큰 탑 절'은 치앙마이의 수호사원이라는데, 야간에는 조명을 비추기 때문에 참 아름답다.

탑이 60m만 남아 있어도 이걸 사진기에 잡아넣기가 쉽지 않다.

불상을 봉안해 놓은 감실 밑단은 코끼리들이 지키고 있고, 올라가는 계단 양 옆으로는 힌두신화에서 나오는 나가(Naga: 고개를 빳빳이 든 커다란 뱀인지 용인지의 형상을 한 동물) 두 마리가 지키고 있다.

20. 여왕은 구린내를 풍겨야 하는가?

나가는 산스크리트어로 뱀이라는 뜻인데, 몸은 뱀이지만 작은 다리와 날개를 가지고 물과 뭍, 그리고 하늘을 날 수 있는 상상의 동물이다.

우리가 볼 때에는 날개달린 용인 셈인데, 물의 신이며, 건물 지붕의 처마에 장식에 빠짐없이 등장하는 동물이다.

30분 정도 시간을 주는데, 절을 아니 큰 탑을 부지런히 한 바퀴 돌고 나니 끝이다.

김 부장이 안내를 하며 설명을 해 주면 좋으련만, 외국인 가이드 단속이 심하다며 절 안으로는 못 들어오는 바람에 그냥 절의 야경만 감상한다.

절 뒤로 돌아가면 누워 있는 부처님이 엄청 크다.

태국에선 태국 가이드를 고용해야 하는데, 우리말을 못하니 태국가이

왓 쩨디 루앙의 부처님

치앙마이

왓 쩨디 루앙의 본당 오른쪽 법당

드와 함께 한국 가이드가 동행하기는 하는데, 단속을 하면 걸릴 수밖에 없다니 어쩔 수 없다. 이민경찰에게 걸리면 추방당한다니 우리끼리 둘러볼 수밖에 없는 것이다.

태국 가이드는 태국 아줌마인데 그저 우리 주위를 맴돌 뿐이다. 영어로라도 설명을 해주면 좋으련만, 영어도 못 하고 한국말도 못 한다.

이 아줌마 이름은 피떠이다.

여기에서 '피'는 나이 많은 사람 성 앞에 붙이는 말이고 성인지 이름인지가 '떠'라 한다. 우리말 "OO씨'에 해당되는 말인 셈이다.

한편 나이어린 사람에게는 '피' 대신 '렁'이란 말을 붙이면 된다. 렁떠! 이렇게.

다시 툭툭이를 타고 이제는 과일시장으로 간다.

20. 여왕은 구린내를 풍겨야 하는가?

망고, 귤, 바나나, 과일의 여왕이라는 두리안, 그리고 내가 이름 모르는 열대 과일들이 무지 많은데 값도 참 싸다.

깁 부장이 두리안을 가지고 와서 맛을 보라 한다.

일반적으로 우리나라 사람들은 구린내가 나서 좋아하지 않는다.

왜 이리 구린 것을 과일의 여왕이라 할까?

여왕은 구린내를 풍겨야 하는가?

그건 아닐 터인데…….

구린내가 나도 맛만큼은 기막히다는 말을 들은 적이 있어 용감하게 시식해보기로 한다.

입에 넣으니 구린내가 약간 나긴 하는데 금방 잊혀지고, 달달하고 향긋한 맛이 버터처럼 입안에서 녹아내린다. 먹어보니 기름이 많은 과일이

과일 시장

다.

야시장의 상인들이나 과일가게의 상인들이나 참으로 열심히 산다. 밤 늦게까지!

비록 바가지를 씌우더라도 열심인 것은 보기가 좋은 법이다.

호텔로 과일 몇 가지를 사가지고 돌아오니 10시가 훌쩍 넘었다. 샤워하니 11시가 넘는다.

어제는 잠을 설쳤으니, 오늘은 자야 한다.

자자!

20. 여왕은 구린내를 풍겨야 하는가?

21. 내가 뭐 태국으로 귀화할 것도 아니고

2016년 2월 2일(화) 맑음

아침 5시에 모닝콜이다.

패키지여행은 사람을 부지런하게 한다. 단체로 움직여야 하니 일어날 수밖에 없다.

짐을 대충 정리하고 6시에 아침 식사를 한다.

6시 30분에 호텔을 출발하여 치앙라이로 이동한다.

치앙마이는 '새로운 도시'라는 뜻이고, 치앙라이는 '꽃의 도시'라는 뜻이다.

산길을 올라가는데 해가 뜬다.

바다에서의 일출도 아니고 산위에서의 일출도 아니지만, 지평선 너머로 솟아오르고 있는 붉은 해는 너무도 아름답다.

서쪽으로는 운무에 쌓인 산이 한가롭다.

혼자 하는 자동차 여행이라면 내려서 사진을 찍었을 것인데, 아깝다.

오르막길 옆으로는 땅이 걸어서 그런지 억새도 우리나라 것보다 대여섯 배는 크다. 나무도 키가 크고. 지금은 건기라서 활엽수들은 낙엽이 져 있는 것이 많다.

가는 도중에 김 부장은 우리에게 태국의 역사 공부를 시킨다.

태국에도 삼국시대가 있었고, 파이야 왕조, 스키타이 왕조, 그리고 란나 왕조 등을 이야기하는데 다 기억할 수 없다.

내가 뭐 태국으로 귀화할 거도 아니고.

어찌되었든 요점은 란나 왕조의 맹라이 왕이 1296년 치앙마이를 세우

치앙라이

왓 렁쿤: 입구

고 치앙라이에서 치앙마이로 천도했다는 것이다.

'란나'는 '백만의 논'이라는 뜻이라고 한다.

치앙마이에서 치앙라이까지 가는 데 약 3시간 걸린다는데, 중간쯤 가면 휴게소가 있다.

사람들은 잠시 내려 화장실에 들르거나, 편의점에 들려 군것질을 하고 다시 버스를 탄다.

이번에 도착한 곳은 왓 렁쿤(Wat Rong Khun)이다.

태국에서 최고로 이름난 화가인 슬럼차이 교수가 세운 개인 사원인데, 절 전체가 대부분 하얀색으로 지어져 있어 백색사원이라고 부른다.

현재 방콕 미술대학인지, 치앙마이 미술대학인지에서 근무하는 슬럼차이 교수는 프랑스에 유학한 치앙라이 출신의 화가이자 조각가인데, 부처

21. 내가 뭐 태국으로 귀화할 것도 아니고

왓 렁쿤(백색사원)

왓 렁쿤: 본당 뒤 탑들

치앙라이

님의 순수와 청정을 나타내기 위해 사재를 털어 흰색으로 이 절을 짓기 시작했다고 한다.

여기에 입체감을 주기 위해 거울 조각을 붙였는데, 거울에 비치는 빛은 우주를 밝게 비추는 부처님의 지혜를 상징한다고 한다.

이 절은 극락과 지옥의 모습을 나타내고 있다는데, 언뜻 봐서는 너무 화려하고 아름다워 지옥을 표현한 것은 잘 눈에 띄지 않는다.

알고 보니 절로 들어가기 위한 다리 앞 양쪽에서 지옥에서 구원을 요청하는 중생들의 손들을 볼 수 있는데, 관찰력이 뛰어난 사람 눈에는 발바닥들도 보인다.

여하튼 말로는 설명하기 힘들 정도로 화려하고 아름답다.

절집의 모양이나 불상의 광배(光背) 등 주변의

화염문 장식들

21. 내가 뭐 태국으로 귀화할 것도 아니고

무령왕 왕관 금제관식

장식들은 불꽃이 타오르는 불꽃무늬[火炎紋 화염문]가 주종을 이룬다.

우리나라 무령왕릉에서 발굴된 왕관의 금제관식(金製冠飾)과 비슷한 무늬이다

화염문은 천상세계의 광명을 상징하는 무늬이다.

불상을 둘러싸고 광배(光背)에는 어김없이 화염문이 보이는데, 신성한 존재임을 상징적으로 도안한 것이다.

심지어는 절집 본당 처마에서 번을 서는 날개달린 용들까지도 불타오르는 듯 하늘을 향해 갈기를 세우고 있는 불꽃무늬가 가미된 용들이다.

흰색 바탕에 거울 조각을 붙여 빛의 반사를 통해 입체감과 함께 움직일 때마다 번쩍번쩍하고 화려한 쇼를 연출해낸 아이디어가 돋보인다.

22. 세계에서 제일 화려한 화장실

2016년 2월 2일(화) 맑음

본당 내부에는 벽화가 그려져 있는데, 슈퍼맨도 있고, 배트맨도 있고, 프레데터(Predator)도 있고, 유명한 영화에 등장하는 캐릭터들이 그려져 있는데, 사진은 못 찍게 되어 있다.

가운데에는 불상이 셋인데, 사람과 중과 부처를 상징한다고 한다. 본당 뒤로 돌아가면 여섯 겹의 처마를 가진 흰색 탑이 이어져 있다.

이 탑은 본당과는 달리 불꽃 무늬가 거의 없는 단순한 형태로 본당과 대비된다.

그 뒤로도 비슷한 형태의 단순미를 갖춘 하얀 탑들이 있다.

왓 렁쿤: 본당과 탑

왓 렁쿤: 본당

탑 중 하나는 다리 위에 있어 밑으로는 물이 흐른다.

이 탑들의 조형미와 조화미 역시 대단하다.

본당과 함께 화려함과 단순함의 조화가 돋보인다.

본당 바깥 왼쪽으로는 비교적 단순한 흰색의 커다란 건물들과 황금색의 거대한 불꽃무늬 탑(?)이 우리를 맞이한다.

이 탑의 가운데에는 흰색의 부처가 봉안되어 있다.

현재 공사 중인지 그 앞에는 기중기가 이 황금색 불꽃 탑을 내려 보고 있다.

건방지게시리!

네 겹의 처마로 이루어진 이 흰색 건물로 된 문으로 들어가면, 오른쪽에 황금색 탑도 보이고, 그 왼쪽으로는 황금색 불꽃무늬로 가득 장식된 2

왓 렁쿤: 불꽃 무늬 탑

층인지 3층인지 4층인지 되는 화려한 건물이 보인다.

이 절의 화장실이다.

너무 화려해서 화장실로 쓰기에는 좀 아깝다는 생각이 든다.

그렇지만 여기까지 온 사람들을 생각한다면, 그들을 위해 이런 호사스런 화장실도 제공해볼 만하지 않은가!

2층으로 생각되는 곳에 큰 창문이 있음을 볼 때, 2층은 화장실이 아닐 터인데도 사람들은 화장실 건물이라 부른다. 물론 이 건물 1층은 화장실이다.

여하튼 화려하다.

그 앞뜰에는 날개 달린 거북이 형상의 황금색 용의 동상이 있다.

그 옆으로는 흰색의 다섯 겹 겹처마를 가진 단순한 흰색의 큰 건물이

22. 세상에서 제일 화려한 화장실

왓 렁쿤: 화장실

날개 달린 용

치앙라이

왓 렁쿤: 정자　　　　　　　　왓 렁쿤: 탑

있고, 그 앞에는 조그만 은색의 종들과 하트 모양의 은장식을 매단, 크리스마스트리는 분명 아닌, 특이한 탑(?)도 있다.

고 옆에는 이슬람사원 부속건물 같은 지붕은 돔이고 사방은 아치형으로 뚫려 있는 정자로 쓰이는 건물이 있다.

이 건물 처마에는 날개달린 12지상이 이 건물을 지키고 있다.

이 건물 안 천정에는 부처를 새겨 놓은 붉은색 장식이 매달려 있고, 그 아래엔 연못을 만들어 놓았는데, 연못 안에는 세계 각국의 동전들이 모여 있다.

저 동전 역시 그것을 던진 사람들의 소망을 담고 있을 것이다.

여기에서 조금 가면, 각자의 소원을 적은 하트 모양의 장식물이 천정

22. 세상에서 제일 화려한 화장실

에 주렁주렁 달린 길이 나오고, 이 길 오른쪽으로 본당의 옆면이 보인다.

이곳의 황금색 건물이나 탑들은 흰색의 본당과는 다른 이승의 세계를 상징하는 듯하다.

여하튼 앞으로 더 나아가 왼쪽으로 길을 틀면, 보리수나무 밑에서 가부좌를 하고 참선을 하는 부처님이 있다.

그 왼쪽으로 가면 역시 흰색의 탑과 건물들이 나온다.

역시 볼 만하다.

이승과 저승, 지옥과 극락, 화려함과 단순함의 대비에 힌두교와 불교에 나오는 상상의 동물들과 결합된 작가의 상상력과 현대 공상영화에 나오는 캐릭터들이 어우러진 종합예술이다.

왓 렁쿤: 탑

왓 렁쿤: 탑

왓 렁쿤

　이 절은 아직도 짓고 있는 중이라는데, 완성되면 태국의 국보로 지정될 것이라 한다. 보면 볼수록 국보로 지정될 만큼 손색이 없는 대단한 작품이다.

　그런데, 무엇보다 좋은 것은 입장료를 받지 않는다는 것이다. 국보로 지정되더라도 계속 받지 않기를 바란다.

　좋은 것은 누구나 누릴 수 있어야 하기 때문이다.

22. 세상에서 제일 화려한 화장실

23. 아편을 누워서 피우는 이유

2016년 2월 2일(화) 맑음

이제 버스는 황금의 삼각지대(Golden Triangle)로 향해 란나 왕국의 첫 번째 수도인 치앙센(Chiang Saen)으로 이동한다. 다시 속세로 돌아가는 것이다.

황금 삼각지대는 강을 사이에 두고 태국, 라오스, 미얀마가 서로 국경을 접하고 있는 곳인데, 아편의 원료인 양귀비 재배로 유명한 곳이다.

흔히 마약왕 쿤사로 알려진 중국인이 이 지역을 지배하며 양귀비 판돈으로 지대공미사일까지 갖춘 자신의 왕국을 건설하고 독립운동을 하던 곳이다.

골든 트라이앵글 표지판

이 지역에서 생산되는 아편은 하루 8,000톤이나 되는데, 1kg에 6,000만 원 정도 한다고 하니 그 금액이 얼마나 되는지는 읽는 분들께서 직접 해 보시라!

이 아편의 대부분이 미국으로 들어간다고 한다.

그러니 미국에서 가만히 있겠는가?

미국은 1989년 100여 톤의 마약 밀수입 혐의 등으로 쿤사를 기소하고, 그 목에는 200만 달러의 현상금을 걸었다.

참고로 쿤사는 태국 말로 "촌장 나으리"라는 뜻이고, 본명은 장치부(Chang Chi-Bu 張奇夫 장기부)이며, 74살의 나이로 당뇨와 고혈압 등 지병으로 2007년에 죽었다.

쿤사에 대한 평가는 소수민족을 보호한 독립투사로 숭앙하는 사람도

메콩 강 저쪽 편이 미얀마

23. 아편을 누워서 피우는 이유

강 너머 이쪽 편은 라오스의 절

있고, 마약왕으로 악명을 떨친 평생 나쁜 짓만 한 놈으로 보는 사람도 있어, 그 판단은 각자에게 맡긴다.

태국에선 탁심이 집권한 후 마약을 엄격하게 단속하고 있다. 그래서 그런지 이곳을 지날 때에는 몇 군데서 검문검색이 철저하다.

만약 검문검색에 걸리면 무조건 사형이란다. 실제로 탁심 정권 하에서 사형당한 마약사범이 2,000명을 웃돈다고 한다.

아편은 하얀 색깔의 양귀비꽃에서만 채취하는데, 양귀비는 일년생이고 그 꽃은 하루 만에 진다고 한다.

아편을 피울 때에는 비스듬히 누워서 피워야 한다.

왜냐구?

그건 앉거나 서서 피우다간 쓰러지니까 그런 거지~.

치앙센-라오스

치앙센 나루터의 부처님과 긴 꼬리 배

그러다 다치면 누가 치료비 물어 주냐? 아편 피우다 넘어져서 다쳤다고 보상해주는 보험은 아직 없다.

마약 공부를 이쯤 할 때쯤 치앙센의 나루터에 도착한다.

치앙센의 나루터엔 길게 생긴 배들이 관광객을 기다리고 있다. 이른바롱-테일 보트, 곧, 긴 꼬리 배다.

메콩 강 왼편으로는 거대한 황금색 불상이 배들을 내려다보고, 더 북쪽으로는 미얀마의 집이 보이고, 강 너머 저쪽으로는 황금색 돔을 인 라오스의 절이 보인다.

23. 아편을 누워서 피우는 이유

24. 뱀술의 예술

2016년 2월 2일(화) 맑음

메콩 강은 길이가 세계에서 12위이고 수량은 10위에 해당되는 큰 강
이다.

우리가 메콩 강이라 하지만 사실 메콩이라 불러야 맞다. 한자로 모강
(母江)이라 쓰는데, 그걸 메콩이라 부르는 까닭이다. 우리말로는 '엄마 강'
인 셈이다.

중국에서 발원하여 미얀마, 라오스, 타이, 캄보디아, 베트남을 거쳐 남
중국해로 흐른다.

메콩 강의 물은 누런 흙탕물이다.

그렇지만 이 나라 사람들은 그렇게 표현 안 한다. 점잖게 커피색이라
고 한다.

어찌 표현하느냐에 따라 사람들 감정은 달라진다. 사람들이 느끼는 것
은 아 다르고 어 다른 법이다.

그러니 늘 점잖게 표현을 해야 한다. 나쁜 것도 좋은 쪽에서 부드럽게
표현하면 상대방도 좋고 나도 좋은 것이다.

이런 점에서 솔직한 것은 좋은 것이 아니다. 적어도 대화법에선!

사실 처해 있는 환경에 따라 장점이 단점이 되기도 하고 단점이 장점
이 되기도 하는 것이니, 항상 나쁜 것도 항상 좋은 것도 없는 것이 실상
이다.

명암은 늘 같이 있는 것이니, 밝은 쪽만 보고 밝은 쪽으로 말하면 세
상은 밝아진다.

치앙센·라오스

  또한 이 강엔 많은 어종의 고기들이 살고 있어, 이 강을 배경으로 사는 중국, 미얀마, 라오스, 타이, 베트남, 캄보디아 사람들의 생활 터전이다.

  1억 2천여 명이 이 강을 배경으로 살아가니 '엄마 강'이라 부를 만하다.

  일단 긴 꼬리 배를 타고 강을 따라 내려가다 보면 라오스 땅에 왕관을 인 건물이 보이는데, 노름판이 벌어지는 카지노장이라 한다.

  태국에선 사행성 산업을 금하고 있어, 노름하고 싶은 사람은 이곳에 건너와 노름하고 재산 잃고 거지가 된다.

  이런 걸 보면 태국은 참 건전한 나라이다.

  이 카지노장을 지나 배가 정박하는 곳엔 라오스 특산품과 기념품을

라오스 시장 마을

24. 뱀술의 예술

파는 마을이 있다.

시장 안을 이곳저곳 둘러보면, 옷가지들은 물론 손으로 짠 가방, 뱀을 집어넣은 술, 여자들 장신구 따위가 좌판에 널려 있다.

물론 물건 값은 싸다.

특히 지 꼬리를 입에 물고 조그만 병 안에 들어가 참선을 하고 있는 뱀을 보면, 어떻게 저 좁은 아가리에 뱀을 저렇게 예

지 꼬리 물고 참선하는 뱀

술적으로 집어넣었는지 그 기술에 그저 감탄을 할 수밖에 없다.

태국엔 뱀과 악어 등이 많아서 그런지, 태국 사람들이 즐겨 먹는 고기가 악어 고기라 한다.

우린 아직 그 맛을 못 봤기에 여기 소개할 수는 없다.

그러니 그 맛이 궁금하신 분은 태국에 와서 시식해 보시라! 악어의 어(魚)자도 고기 어(魚)자이니 분명 생선 중의 하나일 터.

그러나 어렸을 때부터 안 먹어 버릇했으니 못 먹는다. 세 살 버릇 여

치앙센-라오스

든까지 간다고 버릇을 어떻게 들이느냐가 참 중요한 것이다.

이 말은 군이 악어 고기를 못 먹어서 하는 변명만은 아니다.

어찌 되었든, 이 사람들은 뱀술도 즐겨 먹는 듯한데, 술맛보다 병 안에 집어넣는 그 기술이 자못 궁금하다.

이곳에서도 여성들은 쇼핑에 정신없다. 마치 쇼핑을 위해 태어난 분들 같다.

아마 이 세상에 남자들만 있었으면 경제가 안 돌아갔을 것이다. 그런 점에서 여성들이 이 세상의 경제에 기여하는 바는 매우 크다.

하느님이 여자를 만들어 놓은 가장 큰 이유는 경제가 잘 돌아갈 수 있도록 하기 위함인 듯하다. 물론, 자식을 생산하라는 이유도 있겠지만.

이런 걸 모르고 철없는 남자들은 그저 그런 여성들을 타박한다.

남자라면 모름지기 눈을 크게 뜨고 나라 경제가 돌아가는 것도 보고 그래야 하는 법인데…….

이건 마누라 눈치보고 하는 소리가 정말 아니다.

화장실은 '헝남'이라 하는데, '물이 있는 방'이라는 뜻이란다. 여기에선 화장실을 이용할 때 3바트 내지 5바트를 내야 한다.

모처럼 라오스 땅을 밟았는데, 그냥 갈 수는 없다. 기념품도 안 샀으니. 오줌이라도 누고 가야 한다.

그래서 기꺼이 5바트를 지불한다.

주내와 난담은 각각 수제 가방을 140바트, 우리 돈으로 약 5,000원에 구입했다. 그런데 아무리 봐도 기계로 짠 거 같다.

어쨌거나 동대문 시장보다는 쌀 것이다.

다시 긴 꼬리 배를 타고 태국으로 이동한다.

24. 뱀술의 예술

이제 점심시간이다.

나루터에서 버스를 타고 얼마 안 가 식당에 내린다.

식당엔 뷔페식으로 차린 이름 모를 음식들이 있다.

역시 크게 비위 상하지 않고 먹을 수 있는 음식들이다. 크게 나쁘진
않다.

25. 돈은 애기가 번다.

2016년 2월 2일(화) 맑음

이제 미얀마로 간다.

이곳 미얀마 국경지대에 있는 도시가 메사이(Maesai)이다.

국경 마을이라 그런지 제 딴에는 번화하다. 주변에는 장이 서 있다.

국경을 넘어서려면 비자 피와 급행료, 그리고 쏭태우라는 일종의 트럭 택시를 타야 한다면서 일인당 40달러를 내야 한다 하여 일인당 40달러씩 가이드에게 공손히 바친다.

국경은 조그만 내를 건너는 것인데, 국경 이쪽과 저쪽에 큰 차이는 보이지 않는다.

국경 마을

25. 돈은 애기가 번다.

국경

트럭택시 쏭태우

메사이-버마

미얀마 땅을 밟고 조금 있으니, 트럭을 개조한 쏭태우에 여덟 명이 올라타자, 부웅 떠나는데 한 5~6분 갔을까 얼마 안 가 내려놓는 곳이 고산족 마을이다.

800미터 이상 되는 고지대에는 카렌족, 라후족, 아카족 등 소수민족들이 산다며 이들의 실생활을 볼 수 있는 마을이라 들었는데, 마을도 아니고 민속촌도 아니고, 관광객에게 보여주기 위해 만든 규모가 자그마한 전시관 비슷한 것이다.

산위로 난 길을 따라 좌우에는 이들 소수민족들이 기념품을 팔고 있고, 주욱 끝까지 올라가면, 천정이 있는 사방이 툭 트인 무대가 있다.

오르는 길에서 아기를 안고 있는 아줌마를 만났는데, 애기들은 언제 보아도 예쁘다.

민속공연이 끝나고

25. 돈은 애기가 번다.

무대에선 카렌족인지 라후족인지 까만 옷을 입은 여자들이 춤을 춘다. 맨 앞에는 색동소매를 단 까만 옷을 입은 어린이가 춤사위를 따라 하고.

나중에 이들과 사진을 찍으면서 돈을 준다.

카렌족 여인이 하고 있는 목걸이는 보통 이십 개 정도인데, 4.5-5.5 kg 정도 나간다.

카렌족 애기 모델

이리 하는 이유는 맹수로부터 목을 보호하기 위한 것이라는데, 정말 그런지는 모르겠다.

카렌족 여인은 목에 링을 하고 살기 때문에 링을 빼면 고개를 가누지 못한다 한다.

공연이 끝나고 이들과 사진을 찍는다.

물론 팁을 줘야 한다.

목에 링을 한 여인이 애기를 안고 있는데, 가만히 보니 돈은 애기가

메사이-버마

번다. 춤도 안 추고 엄마 품에 안겨만 있는데도······.

애기들은 존재만으로도 빛난다. 존재만으로도 행복을 준다.

모든 생명은 아름답다. 살아야 할 날이 많은 만큼 더 아름다운 법이다. 그러니 애기들이 이쁠 수밖에 없는 것이다.

어떤 아기일지라도! 아니 동물도 식물도 새끼는 마찬가지이다.

사람들은 이런 심오한 이유는 몰라도, 살아야 할 날이 많은 걸 보면 무의식적으로 예쁘다, 귀엽다, 행복하다는 걸 느낀다.

현재 카렌족은 7,000명 정도, 라후족, 몽족 등은 3~4만 정도가 태국 미얀마 라오스 국경지대에 살고 있다.

카렌족과 함께

25. 돈은 애기가 번다.

라후족은 고구려 후예라는데, 라후족 뿐만 아니라 이들 소수 부족들 대부분은 언어나 생활 양태로 볼 때 동이족의 후예들로 추정된다.

어찌되었든 다섯 부족의 생활을 볼 수 있다고 선전하는데 보이는 건 기념품뿐이다.

너무 알맹이가 없다.

고산족 마을 방문 옵션이 30달러인데, 비자 피 등 40달러를 따로 받은 것까지 합쳐서 따지자면, 여행사에서 너무 옵션 바가지를 씌우는 것 아닌가 생각된다.

무대 밖으로 나오면 이곳이 800미터 까지는 안 되어도 조금 높은 지대임을 알 수 있다. 저 발밑으로 집들이 보이고 시야가 확 트이니까.

메사이-버마

26. 부처님의 눈으로 보자.

2016년 2월 2일(화) 맑음

다시 쏭태우에 짐짝처럼 실려서 7~8분 정도 가면, 츠위다껑 사원 (Shwedagon Pagoda: 버마 말로는 쉐다곤 파고다)이 나온다.

이 절에 있는 불탑인 츠위다껑 쩨디는 양곤의 99톤짜리 황금탑을 모방하여 만든 것이라 한다.

일단 절 안으로 신발을 벗고 들어가면 황금색 가운을 걸친 부처님 셋이서 눈을 내려 깔고 앉아 계신다.

그 앞에서 공손히 인사를 하고, 옆문으로 나가면, 황금을 입힌 츠위다껑 탑이 솟아 있고, 그 둘레에는 큰 탑을 닮은 작은 탑들이 20여 개 빙

츠위다껑 탑

태어난 요일별 불상

둘러 큰 탑을 호위하고 있으며, 그 밑에는 여덟 개의 요일별 수호령을 거느린 불상들이 있다.

미얀마에선 수요일을 낮과 밤으로 나누기 때문에 여덟 개라 하며, 태어난 요일을 상징하는 수호령인 동물들이 있고, 태어난 요일에 따라 이름을 짓는 경향이 있기 때문에 이름을 보면 무슨 요일에 태어났는지를 알 수 있다고 한다.

월요일은 호랑이이고, 화요일은 친떼(Cinta)라는 사자 닮은 동물로 부처를 지키는 신이고, 수요일 낮은 상아 있는 코끼리이고, 밤은 상아 없는 코끼리이며, 목요일은 쥐이고, 금요일은 돼지이고, 토요일은 나가(Naga)라는 용이며, 일요일은 가루다(Garuda)라는 전설상의 새인데, 이들은 각각 동, 서, 남, 북, 북동, 북서, 남동, 남서의 팔방을 담당한다.

메사이-버마

또한 이 나라에선 이들 요일에 따라 태어난 이의 성격이 다르고 그에 따른 생활 방식이 달라진다고 믿으며, 자기가 태어난 요일을 수호하는 불상 앞에 가서 소원을 빌면 이루어진다고 한다.

그러니 태국이나 버마 가기 전엔 반드시 자신이 태어날 요일을 알고 가야 한다.

나는 그렇다면 태어난 요일이 언제인고?

부모님께 듣지는 못했지만, 달력을 보면 찾을 수 있다. 음력으로 달력을 보여주는 컴퓨터 앱도 있으니까, 여러분도 한 번 찾아보시라!

태국판 솟대

나두 찾아봤지만 밝히지는 않는다. 개인 정보 보호 때문에!

울 밖으로는 국경 마을이 눈 아래 보이고, 울을 따라 가다보면 황금빛 솟대가 눈에 뜨인다. 태국판 솟대이다. 그 위에는 닭인지 봉황인지가 츠위다껑 탑을 향해 앉아 있다.

26. 부처님의 눈으로 보자.

소원을 이루는 종

그 옆으로 조금 더 가면 소원을 빌며 치는 종 앞에 흰색 옷을 입고 목에 염주를 두른 뚱뚱한 두 명의 조각상이 춤추는 시늉을 하고 있다. 그 모습이 해학적이다.

이런 걸 보고 그냥 가면 그건 예의가 아니다.

그래서 종을 힘차게 두드리며 소원을 빈다.

거의 츠위다꼉 탑을 한 바퀴 돌았을 때, 저쪽 편 다섯 겹 지붕을 인 건물이 궁금하여 그쪽으로 향한다.

다른 사람들은 벌써 가고 없다.

가보니 황금 불상 셋이 가운을 두르고 앉아 있는데, 왼쪽 불상은 왼쪽 아래를, 오른쪽 불상은 오른쪽을 아래를 보고 있으며, 가운데 불상은 눈을 내려 깔고 있다. 얼굴 표정도 불만이 가득한 표정이다.

메사이-버마

부처님들도 서로 싸우나?

부지런히 입구 쪽으로 나온다.

입구의 법당 한 가운데엔 개 한 마리가 팔자 좋게 늘어져 있다.

주내는 늦게 온다고 야단이다. 다른 사람들은 다 버스에 탔는데 내가 늦는다고 그러는 거다.

기분이 좀 나빠진다.

아니 관광 왔으면 충분히 봐야 할 거 아닌가? 거기다 가이드가 정해 준 시간이 아직 남았는데, 먼저 와서 앉아 있는 사람들 눈치 볼 필요가 뭐 있는가?

버스에 올라타서 보니 아직도 대구에서 온 목사님 부부 자리는 비어 있다.

부처님들 표정: 싸우셨나?

26. 부처님의 눈으로 보자.

목사님 부부 역시 전혀 잘못한 게 아니다. 아직 정해 준 시간에 늦은 건 아니니까.

그렇지만 많은 사람들이 ~~하면 그게 정상이 되는 거다.

그러니 목사님 부부는 늦게 온 것이 되어 버린다. 그리고 눈총을 받는다.

법과 원칙이 알림도 없이 그냥 바뀌어 버린 거다.

이런 걸 민주주의의 황포라 해도 될까 몰라?

이 황금빛 츠위다껑 탑을 한 바퀴 도는데 양산 씌워 주고 20바트의 팁을 받는 여인들이 있다.

주내는 내 뒤를 따라 오지 않고 다른 사람들이 나가니까 그냥 따라 나간 모양이다.

그리곤 내가 안 오니까 팁은 줘야 하는데 얼마 줘야 할지 몰라 100바트를 줬다고 한다.

내 입에서 나오는 말이,

"차라리 택시 타고 탑돌이하지~. 에잉~"

100바트라고 해봐야 3,500원 정도니까 얘들을 도와준다 생각하면 마음에 둘 필요가 없지만, 주내 우산 씌워 준 여자 애는 내가 봐도 정말 성의 없이 우산만 들고 따라다닌 것이어서 100바트라도 아까운 건 사실이다.

우리나라 여인들은 햇빛에 되게 민감하다. 주내라고 예외는 아니다.

그런 주내에게 양산을 제대로 씌워 주지 않고, 지만 햇빛을 가리고 건성건성 따라다녔으니 20바트라도 팁 줄 마음이 생기겠는가!

그런 애한테 100바트를 공손히 바쳤으니 어찌 심통이 나지 않겠는가!

그것도 내가 늦게 오는 바람에 주내는 이게 화가 나는 것이다.

메사이-버마

양산 씌워 주기 아르바이트

주내가 내는 화만큼 아마 그 애는 횡재했다고 좋아할 것이다.

세상 이치가 그렇다.

제대로 열심히 일한 사람은 조금 벌고, 불성실한 사람은 많이 버는 불공평이 언제나 이 세상엔 존재하는 것이다.

그렇지만 이건 순전히 시야가 좁은 사람들이 볼 때 그러한 것이다.

하느님의 눈으로 본다면. 아니 여기는 부처님의 나라니까 부처님의 눈으로 본다면, 이런 게 전혀 불공평한 게 아닐지도 모른다.

그래서 한마디 한다.

"전생의 빚 갚았다고 생각혀!"

보는 시야를 전생, 후생까지 넓혀 보면, 우리 인간의 이 세상 안목이 얼마나 보잘 것 없는지를 알게 된다.

26. 부처님의 눈으로 보자.

27. 태국 임금님이 노란 옷을 입는 이유

2016년 2월 2일(화) 맑음

다시 쏭태우라는 짐차에 실려 국경으로 온다.

국경에 있는 타킬렉 시장을 내려다보면서 국경을 넘는다.

시장 구경은 시장 구경대로 볼 만하기는 하다.

그렇지만 가이드의 재촉 때문에 전혀 구경도 못한 채 국경을 넘는다.

줄을 서서 국경을 넘어야 하는 까닭에 가이드 말을 안 들으면 미얀마에서 고아 신세가 되어 버린다니 어쩔 수 없다.

그러니 타킬렉 국경시장 자유 관광은 말뿐인 셈이다.

국경을 넘어 메사이 국경 마을을 주마간산하며, 언뜻 보니 경찰서가

메사이 경찰서: 임금님 초상

메사이-버마

있다.

경찰서 건물에 입구에는 이 나라 임금님 대형 사진이 걸려 있다. 노란 예복을 입은 임금님이 손을 흔들며 환영하는 사진이다.

그렇다면 왜 노란 옷을 입었는가? 그 이유를 알아보자.

미얀마나 태국이나 태어난 해와 요일을 우리나라 사주팔자만큼 중요시한다. 태어난 날, 그러니까 생일은 크게 중요하지 않다. 대신 요일이 중요한 것이다.

태국엔 각각의 요일을 상징하는 색깔이 있고, 그 요일을 수호하는 신이 있다.

태국의 요일별 색과 수호신을 보면, 일요일은 빨강(금색), 수호신은 수리야(Surya 태양신), 월요일은 노랑, 수호신은 찬드라(Chandra 달과 소마

메사이: 용

27. 태국 임금님이 노란 옷을 입는 이유

의 신. 소마는 소마 풀을 짜 만든 술, 감로주. 하루는 목성의 신인 브리하슈파티의 처 타라를 만나 눈이 맞아 타라가 임신하여 수성의 신인 부다를 낳았다고 한다), 화요일은 핑크, 수호신은 망갈라(Mangala 화성의 신), 수요일은 초록, 수호신은 부다(Budha 수성의 신), 목요일은 주황, 수호신은 브리하스파티(Brihaspati 목성의 신. 신들의 스승), 금요일은 파랑, 수호신은 슈크라(Shukra 금성의 신), 토요일은 보라색이고 수호신은 샤니(Shani 토성의 신)이다.

이들 신들은 인도 신화에 등장하는 힌두교의 신들인데, 이 가운데 슈크라는 여성 신이고, 샤니는 양성 신이며, 다른 신들은 모두 남성 신이다.

이들 요일별 색깔은 역시 힌두교의 영향을 받은 것이다.

이 나라 임금님이 항상 노랑 천을 두르는 이유는 이 양반이 월요일에 태어났기 때문이다.

반면에 왕비는 파랑색 천을 두르거나 파란색 옷을 입고 있다. 이를 볼 때 왕비는 금요일에 태어난 분이다.

태국사람들은 자기들 왕과 왕비에 대한 존경심이 유별나다.

매주 월요일엔 노란색 티셔츠를, 금요일엔 파란색 티셔츠를 입으며 왕과 왕비에 대한 존경을 표시한다.

일부 태국의 애국 여성들은 속옷도 이에 맞추어 입는다는데, 이건 아직까지 확인해 보진 못했다.

태국 사람들의 2대 소원이 왕족을 만나는 것과 눈 내리는 것을 보는 것이라 하니, 이들의 왕족에 대한 존경심이 얼마나 깊은지 알 수 있을 것이다.

이들이 지들 임금님을 존경하는 또 다른 예를 든다면, 태국의 독립을 지킨 라마 5세 졸라루코 대왕을 모델로 한, 율부린너 주연의 〈왕과 나〉의

메사이-버마

132

메사이 국경 근처

공연을 금지시킨 사례를 들 수 있다.

그 이유는 단순하다.

이 영화에서 대왕이 왕세자일 때 가정교사에게 꾸중 듣는 장면이 나오기 때문이란다.

태국인들에게는 저들의 왕세자를 꾸짖는 이런 불경스러운 영화를 보여 줄 수 없는 것이 당연한 것이다.

지금 임금님은 1946년부터 지금까지 재임하고 있다.

임금님치고는 제일 오래 재임하고 있어 이 양반이 돌아가시면 기네스북에 등재될 예정이라고 한다.

현재 태국에서 세계적으로 유명하여 기네스북에 등재된 것은 두 개라는데, 하나는 방콕 근교의 식당 로얄 드래건이고, 또 하나는 세계애서 제일 긴 도시 이름으로 방콕이 등재되어 있다고 한다.

우리는 흔히 방콕이라 부르지만, 태국어로는 전부 67~8자라 한다. 발음에 따라 67자가 되기도 하고 68자가 되기도 한다.

27. 태국 임금님이 노란 옷을 입는 이유

김 부장이 갑자기 경건한 자세로 방콕의 원 이름을 외우기 시작한다.

"꾸룽텝……▽☆○★◎●◇□◆▼▲▽▽■ ……."

김 부장 이거 외우느라 시간 좀 걸렸겠다. 그나마 김 부장이 한국 사람이라서 외울 수 있지, 보통 태국 사람들은 절대로 못 외운다. 여하튼 우리나라 사람들 머리는 좋다.

각설하고, 대기하고 있는 버스를 탄다.

가다 보니, 왼편으로 금빛 동상들이 줄지어 서 있고, 그 저쪽 편으로 근사한 건물이 있다.

금빛 동상들은 투구를 쓰고 손에 무기를 든 그리스 로마 등에서 볼 수 있는 그런 동상들이다. 쉽게 말해 동양 사람들의 동상은 아니다.

김 부장에 물어보니 김 부장도 잘 모른다.

메사이: 호텔?

메사이-버마

메사이: 호텔?

김 부장은 피떠에게 물어본다.

그리고 돌아온 대답인즉, 호텔이란다.

호텔이라니 호텔인가보다 그러지 정말로 호텔인지는 모르겠다. 피떠도 한~참 생각하다 말해준 것이니 확실하지 않은 듯해서다.

벌써 5시이다.

다시 치앙마이로 이동하는데, 3시간 걸린다.

치앙라이-치앙마이 중간에 있는 휴게소에 도착하니 6시 40분이다.

기름 값을 보니 디젤 20바트 약 700원, 휘발유는 리터당 23~25바트이니, 900-1000원 정도이다.

저녁은 교포가 하는 식당에서 수끼를 먹는다 한다.

수끼는 일종의 샤브샤브다. 엷게 저민 고기와 채소, 그리고 해산물을

27. 태국 임금님이 노란 옷을 입는 이유

끓는 물에 데쳐 먹는 것이다.

가이드 김 부장 말로는 저녁 식사가 좋다고 하면서 얼마든지 달라고 해서 먹으라 한다.

먹어보니 과히 나쁘진 않다. 그렇지만 김 부장 말처럼 맛있고 좋은 것은 아니다. 또 내용물도 말만 해산물이지, 해산물은 거의 없다. 작은 새우가 조금 있을 뿐이다.

호텔에는 9시 넘어서 도착한다.

샤워를 하고 누우니 10시이다.

28. 용과 뱀의 튀기?

2016년 2월 3일(수) 맑음

아침 7시 동쪽에서 떠오르는 해가 아름답다. 땅은 안개에 싸여 있는데, 해가 지평선 너머로 자태를 드러낸다.

해를 사진기에 집어넣고 부지런히 아침을 먹고 나갈 준비를 한다.

김 부장이 우릴 8시에 집합시킨다.

약 10분 후 왓 쩨디 루앙(Wat Chedi Luang)에 도착한다. 치앙마이 첫날밤에 갔던 바로 그 사원이다.

밤에 보던 사원과 낮에 보는 사원은 그 느낌이 확 다르다. 밤에도 볼

일출

만하지만, 낮에도 볼
만하다.

사원 입구에는
이 절의 수호목인
양(Yang) 나무가 한
그루 서 있다. 큰 탑
뒤 절집 옆에도 양
나무가 서 있다.

아마도 절 모서
리마다 하나씩 심었
던 모양인데, 지금은
세 그루만 남아 있
다. 이 양 나무의 나
이는 육백 오십 세
라 한다.

왓 쩨디 루앙: 양나무

태국에서 그냥
'마이양' 또는 '양'이라 부르는 이 나무는 인도지나 반도에서 잘 자라는
상록수 딥테로카르푸스(Dipterocarpus alatus)라는 나무라 한다.

붉은 리본과 같은 꽃이 피며, 몸통에 상처를 내면 검은 기름이 흐르는
데, 이 기름으로 호롱불을 켜는 데 사용했다고 한다.

정문 앞 대불전의 화려함이나 큰 탑의 웅대함도 볼 만하지만, 우뚝 솟
아 있는 이 신목(神木) 역시 정말로 볼만하다. 전설 속의 신성한 나무답
다.

치앙마이

138

 본당인 대불전은 황금빛과 유리 장식으로 꾸며져 있어 낮이나 밤이나 무척 화려하다.

 본당 안으로 들어가는 입구에는 어김없이 나가(Naga) 두 마리가 지키고 있다.

 요 나가들은 갖가지 색깔의 비늘로 장식된 황금색 옷을 입고 있는데, 입술이 빨간 것이 황금빛과 잘 어울리지 않아 조금은 천해 보인다.

 그 안으로 들어서면 역시 금칠한 부처님이 우릴 맞는다.

 저쪽 벽면에서는 프라 차오 아타롯(Phra Chao Attarot)이라는 유명한 황금빛의 부처님 한 분이 우뚝 서서 중생들을 내려다보고 계시며, 그

왓 쩨디 루앙: 본당

28. 용과 뱀의 튀기?

왓 쩨디 루앙: 나가

양 옆으로는 협시보살 두 분이 양손을 가지런히 모은 채 서 있고, 그 앞에는 조그마한 많은 불상들이 앉아 있다.

앉아 있는 부처님 앞에서 'No Entry'라는 팻말이 있는 곳까지는 붉은 양탄자 위에 스님들이 앉아 있다. 아마 일반 신도들은 못 들어가는 모양이다.

양 옆으로는 기둥들이 죽 늘어 서 있는데, 황금색 바탕에 검은색 무늬들이 어울려 화려하면서도 아름답다.

붉은 천정에는 극락을 상징하는 무늬를 배경으로 샹들리에가 달려 있다.

치앙마이

왓 쩨디 루앙: 나가

왓 쩨디 루앙: 본당 내부

28. 용과 뱀의 튀기?

141

본당 내부 전체가 황금색으로 붉고, 번쩍번쩍하다.

보통 사람들이 여기 들어오면 "아이구, 부처님!" 하고 납작 엎드리게 만들어 놓았다.

우리야, 뭐, 이런데 주눅 드는 사람들은 아니니깐, 냉철히 이거저것 살펴본다.

대불전 지붕 위에는 동서쪽으로 각각 봉황이 입에 무엇인가를 물고 앉아 있고 한 가운데에는 황금색 탑을 세워 놓았다.

대불전 양 옆으로는 금빛 꼭대기를 지닌 흰색 탑이 놓여 있고 그 밖으로는 절집들이 있다.

대불전 뒤로 돌아가면 '큰 탑'으로 부르는 쩨디 루앙이 있다. 밑변이 54m이고 높이가 원래 90m이었다는데, 1545년의 대지진으로 무너지

쩨디 루앙

치앙마이

142

고 현재 60m만 남아 있다.

　이 탑은 500년 넘는 치앙마이 역사 속에서 가장 높은 건축물이라 한다.

　큰 탑의 기단부에는 이 탑의 중간에 위치한 감실로 오르는 계단이 각각 마련되어 있고, 계단 좌우에는 감실에 모신 불상을 보호하기 위해 나가(Naga)라는 용이 지키고 있다.

　나가는 몸통이 뱀이고, 머리는 용이다. 이를 볼 때, 아마 뱀과 용의 튀기 아닌가 싶다.

왓 쩨디 루앙: 나가

　이 큰 탑을 지키는 나가는 다른 나가와는 다르다. 곧, 머리 위와 뒷부분엔 모자인지, 날개인지가 붙어 있다.

　이 큰 탑 동쪽 감실에는 원래 지금부터 230여 년 전에 태국 국보 1호로 지정된 에메랄드 불상을 모셨다 한다.

　이 불상은 사실

에메랄드로 만든 것
이 아니고 녹색 옥
으로 만든 것인데,
사람들이 에메랄드
불상으로 부르는 바
람에 지금은 에메랄
드 불상으로 굳어졌
다 한다.

　이 불상의 역사
는 파란 만장하여
다 기억은 못하겠
고, 11세기에 인도
에서 만들어져 스리
랑카로, 그리고 버
마로, 캄보디아로,
아유타로, 치앙라이
로 옮겨져 1468년

왓 쩨디 루앙: 탑

에 이 곳 큰 탑(쩨디 루앙)에 모셨는데, 이후 또 다른 여러 사정으로 라오
스로 가 200년 동안 계시다가, 18세기 말 다시 태국으로 와 1784년에
이 분이 살 집인 왓 프라 께우(Wat Phra Kaew)를 세우고 그곳에 모시
는 바람에 지금은 프라 께우 사원에 계신다고 한다.

　한마디로 이사를 많이 다니신 부처님이다. 부처님께서도 역마살이 끼
나?

치앙마이

여하튼 국보 1호로 지정될 만큼 보물 중의 보물인 모양이다.

마찬가지로 사람도 너무 잘 생기면 신세가 고달프다. 탐내는 사람이 많기 때문이다.

그러니 조금 못생긴 것을 감사해야 한다.

이 에메랄드 불상 대신에 현재 쩨디 루앙 사원의 큰 탑 안에 들어가 계신 분이 검은 옥으로 만든 부처님이다.

태국의 임금님이 하사하신 것이라 한다.

그러니까 이 부처님은 에메랄드 부처님의 대타인 셈이다.

이 큰 탑의 중간 부분에는 코끼리들이 도열해 번을 서고 있다. 원래 28마리가 있었는데, 현재 남아 있는 것은 8마리이다.

29. 잘 생긴 것도 죄다.

2016년 2월 3일(수) 맑음

이 큰 탑의 뒤로 가면, 왼편에 양나무가 서 있고 그 옆으로는 여섯 겹의 겹처마를 가진 불전(佛殿)이 있다.

아무리 보아도 이 양나무가 보물이다.

불전으로 들어가면 역시 황금색과 붉은색으로 번쩍 번쩍하는 방이다. 기둥 모습은 대불전 비슷하나 기둥은 붉은 바탕에 황금색 무늬가 있다.

저쪽 안쪽에는 부처님 대신 금빛 나는 트로피 비슷한 탑이 놓여 있는데 그 이유는 잘 모르겠다.

그 절집 옆에는 탑 비스름한 것이 있고, 그 옆으로는 역시 절집이 있

왓 쩨디 루앙: 큰 탑 뒤 불전

치앙마이

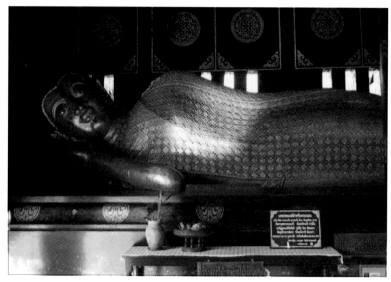

왓 쩨디 루앙: 와불

는데 들여다보니 여기에는 팔베개를 하고 누워 있는 금빛으로 빛나는 부처님이 계신다.

그런데 누워 있는 모습이 퇴침과 손바닥과 부처님의 귀가 조금씩 떨어져 있는 듯 붙어 있어 편해 보이지 않는다.

이 부처님이 목 디스크가 있는지, 아님, 중생의 소리를 들으시려고 고개를 약간 들어서 그런 건지는 분명하지 않다.

이 절집 이름은 부처님이 누워 있는 집이니 와불당(臥佛堂)이라 지어야겠다.

와불당 옆에는 우리나라 금복주 모델처럼 생긴 뚱뚱하고 넓적한 배불뚝이 화상이 미소를 짓고 있는 큰 동상이 있다.

이 화상은 탄 프라 마하 카자나(Tan Pra Maha Kajjana)라는 도가

29. 잘 생긴 것도 죄다.

높은 스님이라는데, 원래는 아주 잘 생긴 분이었다 한다.

그렇다면 왜 이리 변형되었는가? 궁금하지 않은가?

옆에 있는 설명판을 보니, 이 스님은 아직 부처가 되지도 않았는데, 너무너무 잘 생겨서 사람들이 부처로 오해했다고 한다.

언젠가 어떤 사람이 "이 스님이 여자였다면, 마누라로 삼고 싶다."고 말했다는데, 이런 못된 생각은 도 닦는 스님의 명예를 더럽히는 것이라서,

왓 쩨디 루앙: 탄 프라 마하 카자나 스님

치앙마이

왓 쩨디 루앙: 와불당

왓 쩨디 루앙: 띠별 탑

29. 잘 생긴 것도 죄다.

이 스님은 그 남자를 즉시 여자로 만들어 버렸다 한다.

말 한마디 잘못해 졸지에 여자가 된 이 남자는 창피하여 즉시 다른 도시로 도망갔다고 한다.

탄 프라 마하 카자나 스님은 자신의 잘생긴 외모 때문에 다른 사람들이 또 문제를 일으키는 것을 원치 않았고, 또한 사람들이 외양만 보고 그것에 집착하여 판단하게 되면 사물의 본질을 보지 못할 것이라는 생각에, 지금처럼 뚱뚱하고 못생겨 보이는 형태로 자신을 변신시켰다고 한다.

참, 잘 생긴 것도 죄다!

장동건, 원빈, 송승헌 등 꽃미남 배우들은 이 말을 명심해야 한다.

큰 탑 뒤에는 태어난 해의 띠별로 흰색 기단 위의 금빛 탑이 12개 놓여 있고, 그 옆에는 헌금함이 놓여 있다.

"여기에 헌금하고 각자 자기가 태어난 해를 주관하는 신에게 소원을 빌면,

왓 쩨디 루앙: 불상

치앙마이

왓 쩨디 루앙: 문지기

그 소원을 들어주리라."

"물론 헌금 액수에 따라 그 정성을 참작할 것이니 정성을 보여라."

라는 무언의 메시지가 다가온다.

난담은 용띠라서 용띠 해가 적힌 탑 앞에서, 마암은 범띠니까 범띠 해가 적힌 탑 앞에서 포즈를 잡는다.

우린 둘 다 토끼띠니까 다정하게 토끼 띠 탑 앞에서 사진을 찍는다.

탑돌이를 마치고 정문에서 왼쪽 편 양나무와 그 옆의 절집을 살펴본다.

양나무 앞에도 어김없이 부처님이 앉아 있고, 그 앞으로는 옆문이 나 있는데, 문에는 돌을 조각에 채색을 한 문지기가 칼을 든 채 서 있다.

우리 절에 가면 사천왕이 지키고 있는데, 천왕으로 보기에는 조금 격이 낮아 보이는 이 문지기는 웃통은 벗고 아래만 가린 채, 고깔모자 비슷한 모자를 쓰고 문을 지키고 있다.

29. 잘 생긴 것도 죄다.

30. 가족 무덤의 모델

2016년 2월 3일(수) 맑음

이제 수완덕 사원(Wat Suan Dok)으로 간다.

'수완덕'이란 '꽃밭'이라는 뜻이니, 왓 수완덕은 '꽃밭에 세운 절'이 된다. 란나 왕조의 정원이 있었던 곳이다.

사원 안으로 들어서니 주차장 옆에 엄청 큰 나무가 있고, 그 뒤 잔디밭 너머로 크고 작은 하얀 사리탑들이 눈부시게 서서 우리를 맞는다.

이 사리탑들은 왕실 가족 무덤들이다.

탑들 사이로 걸어 들어간다.

왓 수완덕

치앙마이

왓수완덕: 왕실 가족 묘

그러면서 느낀다. "무덤을 이렇게 아름답게 만들 수도 있구나!"라고.

지금 우리나라에선 화장을 많이 하고, 옛날처럼 봉분을 하는 대신에 돌로 된 납골묘를 만드는 경우가 많은데, 이 납골묘들이 자연과 어우러지지 않아 별로 아름답지 않고 보기가 안 좋다. 나만의 느낌인지 모르지만.

그러나 이 왕실 무덤들은 정말 아름답다. 흰색의 아름다움은 어제 치앙라이의 왓 렁쿤(Wat Rong Khun)에서도 느꼈지만, 렁쿤 사원이 화려한 아름다움이라면, 이곳은 단아하면서 아름답다.

가족 무덤의 모델답다.

이 무덤들을 나와 그 옆으로 가면 스키타이 양식의 하얀 탑들이 종모양의 황금빛 큰 탑을 옹위하고 있다.

이 큰 탑의 꼭대기에 부처님의 진신사리가 있다고 한다.

30. 가족 무덤의 모델

여기에 진신사리가 봉안된 데에는 다음 연유가 있다.

곧, 사마라라는 고승이 하얀 바위 위에 부처님이 계신 꿈을 반복해서 꾸어 그 곳을 찾아가 부처의 어깨뼈를 찾아 수코타이의 임금님께 바쳤다.

그런데 어찌된 건지 성스런 빛을 내던 어깨뼈의 성스런 빛이 순식간에 사라졌고, 수코타이의 임금님은 요것이 진짜 부처님의 진신 사리인지 의심을 하게 되었다.

이때 란나 왕조의 꾸냐 왕이 이 소식을 듣고 민심을 수습하고자 진신 사리를 달라 하여 흰 코끼리 등에 모시고 왔는데, 이게 반 토막 나며 떨어졌다고 한다. 그래서 그 반 토막 진신 사리를 이곳 수완덕 사원에 모신 것이다.

한편, 코끼리는 등에 있는 진신 사리를 이고 스텝 산으로 올라가서는 갑자기 큰 울음을 세 번 울고 그 자리에서 숨을 거두게 되

왓 수완덕: 사리탑

었다 한다.

그래서 그 자리에 절을 세우고 진신 사리를 모셨는데, 그곳이 프라탓 도이 수텝 사원(Wat Praha That Doi Suthep)이다.

다시 수완덕 사원을 돌아보자.

부처님의 진신사리가 모셔진 황금빛 종탑을 돌아가면 본당인 대불전이 나온다.

대불전은 두 부분으로 나뉘는데, 앞쪽이나 뒤쪽은 모두 붉은 색과 황금빛으로 번쩍거리고, 기둥은 보라색 유리 위에 황금색 무늬가 역시 눈부시게 한다.

앞쪽 방에 안치된 좌불상은 오백 년 된 425kg의 거대한 황금불상이고, 그 뒤쪽 방에 서 있는 입불상 역시 북부 지역에서 가장 큰 란나 양식의 불상으로 꼽힌다.

뒤쪽 방의 서 있는 부처님 앞에는 서 있는 나이든 스님의 동상이 있고 그 앞으

본당 뒤편: 스님 동상

30. 가족 무덤의 모델

로는 부처님의 진신 사리를 보여주는 사리장이 있다.

사람들은 불상 앞 빨간 카펫에서 무릎을 꿇고 절을 한다.

수완덕 사원을 나와 도이인타논 국립공원으로 가면서 태국 국기에 대해 공부한다.

우리는 언제나 어디서나 그저 공부, 공부 참 열심히 한다. 항상 배울 마음의 자세가 되어 있다.

태국 국기는 맨 아래 위로 빨강색의 줄이, 가운데는 파랑색의 줄이 있고, 빨강과 파랑 사이에는 흰색의 줄이 있는 다섯 개의 줄로 되어 있다.

빨강은 국민의 피와 열정을, 흰 색은 불교의 지혜를, 파랑색은 국왕을 뜻한다 한다.

그렇담, 왜 다섯 줄인가? 빨강 하양 파랑 세 줄만 하면 안 될까? 의문이 들 것이다.

여기엔 다 이유가 있는 법! 핑계

본당 뒤편 사리장

치앙마이

없는 무덤도 없다는데, 한 나라의 국기를 만드는데 이유가 없을 리가 있나!

태국 국기는 태국을 구성하고 있는 국왕, 불교, 국민을 표현하며, 국민의 피와 불교의 정신을 바탕으로 아래 위에서 국왕을 수호하고 있는 태국의 현실을 상징한다. 그러니 세 줄로 해 놓으면 백성과 불교가 국왕을 수호하는 것을 나타낼 수 없다는 것이다.

이렇게 이야기하면 머리 좋은 친구는 세 줄로 해 놓아도 백성과 불교가 왕을 수호하도록 파란 줄을 가운데 넣고 만들면 되지 않겠느냐고 반문할지도 모른다.

그런데 생각해보라.

만약 흰 줄이 맨 위나 아래로 들어가면 국기의 바탕색에 흡수되어 보이지 않으니 결국 두 줄밖에 더 되겠는가!

그러니 할 수 없이 최소 다섯 줄은 해야 한다. 뭐, 이런 깊은 뜻이 있는 것이다.

그렇지만 좀 더 실질적 이유는 이렇다.

태국 국기

옛날엔 빨강 바탕에 흰 코끼리를 가운데 집어넣은 국기를 사용했다는데, 1911년 어느 멍청한 녀석이 국기를 거꾸로 게양하는 바람에 아래 위 다섯 줄의

30. 가족 무덤의 모델

국기를 사용하게 되었
다 한다.

경상도 말로 존경
의 대상인 흰 코끼리
가 디비졌으니, 이런
일이 또 일어나면 안
되겠다 싶어 머리를
짜낸 것이 코끼리를
빼 버린 다섯 줄 국기
이다.

국가 모독을 방지
하고, 어리석은 백성
들이 아래 위 구분 없
이 편하게 달 수 있으
니 일석이조 아닌가!

왓 수완덕: 탑

그러니 이 다섯
줄의 국기 무늬는 어리석은 백성들을 위한 갸륵한 뜻이 숨어 있음을 알아
야 한다.

바꾸어 말하면, 어리석은 백성들이 국기를 거꾸로 게양할 수 있는 권
리를 부여한 것이다.

치앙마이

31. 사람을 뺑뺑이 돌리는 이유

2016년 2월 3일(수) 맑음

9시 25분 이제. 다시 버스를 타고 도이 인타논(Doi Inthanon) 국립 공원으로 향한다.

도이 인타논이란 인타논 산이라는 뜻이다.

과거에는 큰 산이라는 뜻의 '도이 루앙'이라고 부르기도 하고, 산 아래 근처에 수많은 까마귀들이 모여드는 연못이 있어 '까마귀 연못이 있는 산'이라는 뜻의 '도이 앙카'라고 부르기도 했다는데, 도이 인타논이라는 이름은 치앙마이 마지막 왕인 인타위차야논 왕이 하사한 이름이라고 한다.

도이 인타논 국립공원

인타논 산은 히말라야 서쪽 끝자락에 위치한 해발 2,565m이다.

한 시간 쯤 지나 트럭 택시인 쏭태우로 여덟 명씩 갈아타고, 우선 산 중턱에 있는 높이 70미터의 바치라탄(Wachirathan) 폭포로 간다.

10시 50분쯤 폭포 주차장에서 내리니, 저쪽으로 엄청난 수량의 폭포가 떨어지고 있다.

바치라탄 폭포

폭포 왼쪽으로는 폭포 위로 가는 산책길이 조성되어 있어 올라가다가 주어진 시간 내에 못 올 거 같아 그만 둔다.

폭포는 그 폭이 엄청 넓다. 우기에는 더 장관일 듯하다.

폭포 주차장 쪽으로 나오면, 통닭구이, 달걀, 바나나 잎에 싼 밥 등 먹거리를 파는 식당이 있다.

치앙마이

도이 인타논 국립공원: 식당

점심은 이곳 도이 인타논 국립공원 안의 식당에서 먹는다고 한다.

도이 인타논 국립공원 표지석 옆의 식당인데, 달걀지단 붙인 거 비슷한 거와 채소볶음, 생선 튀김, 마파두부 비슷한 거, 그리고 우리의 신선로 비슷한 것에 넣고 끓인 채소 등의 음식인데, 먹을 만하다.

점심을 먹은 후, 인타논 산의 정상으로 차를 타고 올라간다.

타일랜드 최고 높은 곳, 2,565.3341m라는 표지가 나오고, 그 옆으로는 인타논 왕을 기념하는 조그마한 사당이 있다.

제단은 향불과 봉헌한 꽃이 놓여 있고 코끼리 상이 좌우에 서서 지키고 있다.

인타논 산은 버마와 타일랜드를 나누는 산맥의 일부로 태국에서 제일 높은 곳이어서 여름에도 서늘한 곳이다.

31. 사람을 뺑뺑이 돌리는 이유

이곳은 영하로 내려가는 경우도 있는데, 그런 경우 TV에서 하루 종일 호들갑을 떨기도 한다. 잘못하면 얼어 죽을 수도 있다는 멘트와 함께.

일단 짧은 트레킹인 앙카 내쳐 트레일(Ang Ka Nature Trail)부터 시작한다.

현재 온도 섭씨 16도라는 표시판에서 시작하여 숲길로 들어서서 한 10여 분간 걷는 코스이다.

숲길은 울창한 밀림이다. 큰 나무들은 이끼로 뒤엉켜 있다.

음이온이 나오는 삼림욕에 좋다고 선전하지만, 경치는 별로 볼 게 없고, 다만 덥지 않아서 좋기는 하다.

그 다음 트레킹은 고도 2,200m정도 되는 곳에서 총 길이가 3.2km 정도 되는 큐매판 내쳐 트레일(Kew Mae Pan Nature Trail)인데, 2-4

도이 인타논: 온도계

시간 걸린다고 되어 있다.

별로 어렵지 않게 다녀올 수 있는 둘레길이라는 김 부장의 말에 속아 고생 좀 한 곳이다.

오르락내리락 하면서 산허리를 돌아가면 좋겠는데, 무슨 코스가 계속 올라간다. 이건 트레킹이 아니라 완전 등산이다.

늙어서 그런가?

늙으면 할 수 없다. 힘들다.

30분 정도 한없이 올라가다 보니 밀림 밖으로 나와 이제는 억새 지대이다.

억새 지대의 끝 부분이 제일 높은 곳이다.

도이 인타논: 둘레길의 이끼

31. 사람을 뺑뺑이 돌리는 이유

여기에서 부터는 오른쪽이 낭떠러지인 내리막길이다. 센 바람이 불고, 시원하기는 하다.

그리고 저 멀리 아래로 겹겹의 산들과 숲들이 아스라이 보인다. 높이도 올라왔다.

오른쪽 낭떠러지 쪽에 그 세차고 차가운 바람을 맞으며 세월을 견뎌 온 고목들이 피운 빨간 꽃이 너무나 정열적이다.

도이 인타논: 고목

아마 저 꽃들은 인고(忍苦)의 결실이리라.

내리막길, 오르막길이 적당히 되어 있으면 좋으련만 힘에 부칠 정도로 길게 이어진다.

어찌되었든 다시 밀림 속을 뚫고 출발 지점으로 되돌아 왔다.

80달러나 주면서 왜 이런 고생을 하는지, 내 자신을 도저히 이해할 수 없다.

도이인타논 국립공원 관광 옵션이 일인당 80달러이다.

치앙마이

물론 트레킹을 안 하고, 바치라탄 폭포와 태국 임금님 장수 기원탑만 보면 힘이 안 들 것이다. 자동차가 운반해주니까.

그런데 그렇게 하려면 트레킹 출발지에 있는 가게에서 약 3시간 동안 아이스크림이나 빨고 무료하게 앉아 있어야 하는 것이다.

우리 가족들은 그 누구도 이러한 트레킹이 80달러 값어치가 있다고 하지 않는다. 전부 괜히 했다는 데 의견의 일치를 본다.

나중에 마암과 한 이야기이지만,

"무슨 트레킹 코스가 계속 올라가고 이랴?"

"이렇게 힘든 걸, 김 부장은 슬슬 하면 되는 무난한 코스라고 적극 권하누?"

"지는 젊으니까! 아니 젊은이들도 힘든 코스구만, 노인네들에게 산보

도이 인타논: 트레킹 전망

31. 사람을 뺑뺑이 돌리는 이유

삼아 가면 된다고 하냐?"

"그렇게 뺑뺑이를 돌려놓아야 불만이 없지."

맞는 말이긴 하다.

옵션 관광 선택한 것을 후회하고, 그래서 그 돈이 아깝다고 생각하여 터져 나오는 불만을 잠재우기에는 뺑뺑이 돌리는 것 밖에 없다.

불만이 없는 것이 아니라, 불만을 표출할 힘이 없는 것이다.

조용히 있다고 해서 불만이 없는 것은 아닌 것이다.

정치인들은 불만을 토로할 힘조차 없는 가엾은 백성들이 있음을 명심해야 할 것이다. 불만이 나오지 않는다고 제발 무시하지 말기 바란다.

한 가지 더!

정치인들이여, 불만을 잠재우는 방법을 안다고 그것을 지혜로 착각하지 말라.

언제까지나 그 방법이 통하리라 생각한다면 큰 오산이다. 그러다 한 번에 끝나는 수가 있다.

그리고 무엇보다도 적당한 불만이 있어야 사회는 건강해지는 법이다.

말이 옆으로 샜는데, 어찌되었든 별로 볼 것도 없으니 여기 오시는 분들 가운데 나이 좀 드신 분들은 물론이고, 등산으로 단련된 분 아니라면 절대 트레킹은 하지 마시라.

강력히 권하고 싶다.

누가 이런 정보만 주었어도 이 트레킹은 안 하는 건데…….

역시 여행이 정보의 중요성을 일깨워 준다.

치앙마이

32. 문무대왕릉을 벤치마킹?

2016년 2월 3일(수) 맑음

고난의 행군 시간이 끝나고, 이제 인원 점검 후 이 나라 임금님 장수 기원탑으로 간다.

해발 2,300미터 되는 이곳엔 1987년 푸미폰 왕의 60세 생일을 기념 하여 왕의 무병장수를 기원하는 기념탑과 1992년 왕비의 60세를 기념하 는 장수기념탑을 나 란히 세워 놓았다.

이 탑은 나중에 왕과 왕비가 죽으면 그 유해를 모실 곳 이라 한다. 일종의 납골탑인 셈이다.

이렇게 높은 곳 에 납골탑을 만든 이유는 태국에서 제 일 높은 곳에 이 탑 들을 세움으로써 죽 은 후에도 굳건히 태국을 지키겠다는 갸륵한 마음 때문이 라고 한다.

도이 인타논: 왕을 위한 장수기념탑:

32. 문무대왕릉을 벤치마킹?

도이 인타논: 왕탑 바깥 벽 돌을새김

아마도 태국 왕이 동해바다에 있는 우리나라 문무대왕릉의 이야기를 벤치마킹한 건 아닌지 모르겠다.

나중에 생각해보니, 태국 왕이 문무대왕릉을 벤치마킹 한 게 아니라, 가이드인 김 부장이 문무대왕릉 이야기를 각색한 것이 아닌지 의심이 가기도 한다.

이 두 탑을 중심으로 정원에는 꽃들이 잘 가꾸어져 있다. 왕비가 가끔 이곳에 와 직접 정원을 가꾼다고 한다.

장수기원탑으로 오르는 계단 옆으로는 우리 같은 사람을 위하여 에스컬레이터가 설치되어 있다.

장수기원탑은 왼쪽은 임금님 탑, 오른쪽은 왕비님 탑이다. 오르는 계단 왼쪽에 왕과 왕비의 초상이 있다.

치앙마이

168

도이 인타논: 왕비를 위한 장수기념탑:

장수기원탑은 이들 말로 나빠마이따니돌이라 한다는데, 참 잘 만들어 놓았다.

볼 만하다.

검붉은 묵직한 톤의 임금님 장수탑 내부에는 금빛 가사를 두르신 부처님이 앉아 계시고, 천정은 연꽃을 형상화한 현대적 디자인으로 장식해 놓았다.

제단 앞으로는 헌금함이 네 개 놓여 있다.

탑 주위로는 약간 붉은색의 벽돌에 태국의 불교 신화를 돌을 새김해 놓았는데 볼 만하다.

옅은 보라색을 은은히 풍기는 왕비탑의 가운데에는 역시 부처님이 계신데, 이 분은 서서 계신다.

천정은 역시 연꽃무늬를 현대적으로 형상화한 장식이 있고, 빙 둘러 부처님과 스님들을 그려 놓았다.

32. 문무대왕릉을 벤치마킹?

제단 앞으로는 역시 헌금함이 네 개 놓여 있다.

다시 이곳을 떠나 커피를 맛보러 간다.

커피를 맛보여주는 곳은 원주민이 하는 찻집이다.

커피를 볶아 장작불에 그슬린 시커먼 주전자의 끓는 물에 우려마시는 커피는 향긋하지만 물론 무척 진한 에스프레소다. 그래서 물을 많이 타서 마신다.

이제 쇼핑센터를 방문하는 시간이다.

돈 없는 사람에게는 참으로 고역인 시간이다.

사실 이 치앙마이에서는 가볼 수 있는 곳이 많이 남아 있다. 그렇지만 50만 원짜리 여행에서 그걸 다 바랄 수는 없다.

여길 방문하시는 분들을 위해 우리가 가보지 못한 관광거리에 관한

도이 인타논: 왕비탑 정원

치앙마이

도이 인타논: 커피 주전자

정보를 적어 보면 다음과 같다. 참고하시라.

우선 온천 좋아하시는 분들이 가 볼만한 곳으로는 치앙마이의 산캄팽 지역에 유황 온천이 있는데 아토피에 즉효라 한다.

아토피가 있는 분은 한 번 들려 보시길!

그런데 이 나라 사람들은 온천이 좋은 줄을 아직 잘 모른다.

역시 알아야 보이는 법이다. 모르면 코앞에 있어도 그 좋은 것을 모른다.

온천을 좋아하는 한국 사람들이 온천을 방문하면, 온천의 물이 너무 좋아서 놀래고, 그 시설이 너무 안 좋아서 놀래고, 두 번 놀랜다고 한다.

그 다음 치앙마이에도 그랜드 캐년이 있다니, 한 번 가보시라.

치앙마이의 파쳐우 그랜드 캐년은 핑강의 하천 침전물에 의해 천여

32. 문무대왕릉을 벤치마킹?

년에 걸쳐 풍화 작용으로 깎이고 다듬어진 30~50m의 절벽으로 이루어진 곳이다.

'파쳐우'의 뜻은 "꽃다발 절벽" 이라는 뜻이다.

꽃다발 절벽에 가기 위해서는 빽빽한 정글로 약 500 미터 개울을 따라 걸어 들어가야 한다.

이곳은 여러 층으로 된 벽과 기둥이 있고, 또한 절벽 끝에 있는 수많은 벌집들을 볼 수 있다.

치앙마이 시장은 이 지역이 태국의 그랜드 캐년이라면서 앞으로 치앙마이의 관광명소로 자리를 잡을 것이라고 큰소리쳤으니, 한 번 방문해 보시라!

저녁은 한국 식당에서 하는 삼겹살불고기와 된장찌개이다.

치앙마이

33. 태국의 이것저것

2016년 2월 3일(수) 맑음

다음은 태국의 이것저것에 관한 김 부장님의 말씀이다.

그러니 설혹 잘못 된 것이 있더라도 쓴 이를 원망하지 마시라!

태국의 학제는 한국과 동일하다.

단 이 년 일찍 학교에 가며, 중학교까지 의무교육이다. 중학교 졸업자의 약 45%가 고교에 진학한다. 다시 말해 두 명에 한 명 꼴로 고등학교에 간다. 대학 진학률은 고교생의 19%이다.

우리나라와 비교해 볼 때 우리나라는 태국보다 약 다섯 배 잘 산다. 2014년 한국의 GNP가 24,000달러인데 이곳 태국의 GNP는 5,100달러

바나나

꽃

였다.

이곳은 물가가 싸기 때문에 한국에서 은퇴 후 이곳으로 이민 오시는 분들이 있다고 한다.

은퇴 비자는 필리핀보다 받기 쉽고, 외국인 명의로 건물을 살 수 있다.

은퇴 비자를 내려면 2,800만 원 정도 드는데, 귀국 시 돌려준다.

외국인에게 허용되지 않는 직업은 농업, 미용사, 그리고 택시기사 등 교통 관련 직업이다.

차도 일시불로 구입이 가능하다. 참고로 차의 노랑 타이틀은 영업용이고, 흰 건 자가용이며, 빨간 건 임시용이다.

이곳의 집값은 점점 오르고 있다.

치앙마이

불상

　서울에서 사 놓은 집보다 여기에서 사 놓은 집이 몇 년 동안에 훨씬 많이 올랐다고 한다. 2억 주고 산 것이 지금 3억 5천 정도 되었다고 한다.

　알고 보니, 김 부장은 부동산 재벌이구만! 한국에도 치앙마이에도 집이 있으니.

　이 사람들이 좋아하는 숫자는 9이다. 이 사람들에게 9는 꽉 차 있음을 의미하기 때문이다.

　여기에서 음주 단속은 늘 같은 곳에서 하고, 여성 운전자는 안 잡는다고 한다.

　그렇담 이건 뭐 여성들을 존중해서 그러는 건가? 무시하는 건가? 아마도 후자인 듯하다.

33. 태국의 이것저것

태국 사람들이 좋아하는 직업은 군인이나 경찰이었는데, 지금은 외국 기업 근무자라고 한다.

이유는 단순하다. 월급을 많이 받기 때문이다.

이곳 사람들의 평균 월급은 보통 8,000바트, 약 28만 원 정도 된다. 예컨대, 집에 기사나 가사도우미를 두면 월 8,000바트, 우리 돈 28만원을 주면 된다.

물론 파출부가 일주일에 두세 번 빨래해 주고, 청소해 주고, 다림질해 주는 것으로 계약하면 월 3,000바트, 우리 돈 10만 원에도 가능하다.

그리고 의사 초봉은 15,000바트, 곧, 45만 원 정도 된다.

태국의 하루 최저임금은 500 바트, 우리 돈 17,500원이다. 우리나라는 시간에 5,800원이니까, 8시간을 곱하면 46,400원이다.

꽃

치앙마이

이 나라 사람들이 좋아하는 사람은 한국 사람이고, 싫어하는 사람은 중국 사람과 인도 사람이라 한다.

인도 사람을 싫어하는 이유는 일부다처제이기 때문이다.

이 나라 사람들은 95%가 불교 신자이다. 그렇지만 부처님뿐만 아니라 힌두교의 신화에 나오는 신들도 섬기는 경우가 흔하다. 예컨대, 집에서 부처를 모시거나 기네슈 신을 모시기도 한다.

이 나라에선 여성들의 발언권과 생활력과 영향력이 강하다.

또한 이 나라 사람들은 이 나라가 세계에서 제일 좋은 나라라고 생각한다.

그 이유를 아시는가?

그 이유는 단순하다. 바나나와 물고기가 많기 때문에 굶어 죽는 이가

기네슈 신

없기 때문이다.

북부 지역에서는 파인애플을 재배하는데, 주먹만 한 것이 아주 달고 맛있다 한다.

파인애플은 산성 식물이라 파인애플 나무에서 하나만 열리는데, 파인 애플을 수확하면, 그곳에 파인애플을 심을 수가 없다고 한다. 그래서 파인 애플 수확이 끝나면 갈아엎고 다른 작물을 심는다.

이 나라에서는 한국 화장품이 아주 인기가 좋다.

팁 대신 화장품 샘플을 주면 무척 좋아한다고 한다.

문신을 하거나 눈썹에 아이라인을 그려 넣으려면 약 500-2,000바트 정도면 된다고 한다. 우리 돈 2만 원~7만 원 정도이다.

참고로 중국에서는 아이라인 하는데 60만 원 든다고.

치앙마이

34. 여자들의 결단력

2016년 2월 4일(목) 맑음

아침 식사를 한 후 방으로 올라왔는데 갑자기 정전이 된다.

엘리베이터도 멈추었다고 한다.

혹시 난담과 마암이 갇힌 건 아닐까? 걱정 된다.

한 오 분 정도 지나 전기가 다시 들어오고 엘리베이터가 다시 움직여 엘리베이터를 타고 내려가 보니 난담과 마암은 다행히 엘리베이터에 갇히는 불상사는 피하고 밑에 있었다.

버스를 타고 꿀 파는 곳으로 간다.

그러기 전에 꿀을 잘 살 수 있도록 김 부장이 꿀에 관해 일장 연설을 한다.

이 나라의 삼대 생산품부터 소개한다.

일종의 준비 운동이자 도입 부문이다.

"삼대 생산품이 무어냐?"고 물어 가면서, 태국의 삼대 생산품이 쌀, 밀, 꿀이라며 능란하게 본론에 들어갈 준비를 한다.

쌀은 세계 6위의 생산량을 자랑하는데, 75%를 수출한다. 쌀값은 5kg에 160바트니까 우리 돈으로 5-6천 원 정도이다.

간단히 쌀에 대해 언급한 후, 본격적으로 꿀 팔 준비를 한다. 노련하다.

꿀은 북쪽에서 많이 나는데, 달고 열량이 많기 때문에 태국인들은 잘 안 먹는다고 한다.

그 이유는 꿀을 먹으면 몸이 더워져서라는데, 그보다는 비싸기 때문에 안 먹는 거 아닌감?

꿀 중에도 3,000미터 이상의 고산지대에서 딴 석청은 독극성 물질을 포함하고 있기에 정제가 필요하다.

예컨대, 참꽃은 따서 먹어도 되지만, 철쭉꽃은 독성이 있다. 요런 걸 아는 사람은 아는데, 철쭉꽃 같은 데서 꿀을 따기 때문에 정제를 해야 한다는 것이다.

한편 목청은 1,500~2,500m의 고산지대에 있는 나무에서 딴 꿀이다.

꿀에는 프로폴리스라는 항생제 성분이 있어 방부제 역할을 한다.

프로폴리스는 목 아플 때나 잇몸이 아플 때, 그리고 입에 구내염이 있을 때 아주 효과적이다.

이건 나도 사용해 봐서 아는 내용이다.

대충 소개해 놓고는 꿀 파는 상점으로 들어간다.

이 상점에서도 꿀 차를 한 잔 멕여 놓고는 꿀과 프로폴리스에 대한 선전이 이어진다.

그러면서 호주산이 16%인데 반하여 순도 86%는 치앙마이와 브라질산 밖에 없다면서 프로폴리스를 살 것을 권한다.

그런데 그 가격이 만만치 않다. 한 병에 10만원이 넘는다.

여기에 귀가 얇은 주내와 난담이 한 치의 망서림 없이 선뜻 산다.

내 생각엔 옛날 뉴질랜드에서 만 원 정도 주고 산 경험 때문인지, 아무리 순도가 높으니 낮으니 해도 10만 원이 넘는 것은 너무 비싼 거 같은데.…….

그리고 집에는 그때 산 프로폴리스가 아직도 조금 남아 있다.

여하튼 여자들이 돈을 쓸 때 발휘하는 결단력은 알아줄 만하다. 뒤돌

산캄팽 민예마을: 우산 만들기

산캄팽 민예마을: 우산살

34. 여자들의 결단력

아보지 않는다.

그래서 이 세상의 경제가 돌아간다.

그 다음 들린 곳이 수공예 단지인 "산캄팽" 민예마을 관광 및 쇼핑이다.

산캄팽 민예마을은 세계 최대의 가내공업 중심지 가운데 하나이다.

전통적으로 왕실에서 쓰는 생필품과 장신구를 생산한다.

대대로 전수된 장인들의 솜씨가 보석, 은제 그릇, 청자, 도기, 비단, 무명, 손으로 그림을 그려 넣은 종이우산 등에 나타난다.

들어서는 입구에는 색색의 종이우산들이 활짝 퍼진 채 우리를 맞이한다.

그 안으로 들어가면 우산살들이 활짝 펼쳐진 채 모여 있고, 그 옆에는 우산살에 종이를 부치는 여인의 모습이 보인다.

그곳을 지나면, 지갑이나 옷, 모자 따위에 그림을 그려 주는 화가 여인들이 숙달된 붓놀림을 보여준다.

그림 무늬는 용, 꽃, 코끼리, 나비 등 다양하다.

사람들은 가지고 있는 휴대전화의 커버에, 지갑에 이러한 그림들을 그려 달라 하고 돈을 준다.

주내도 예외는 아니다. 참새가 방앗간을 그냥 지나가랴! 모자 한 켠을 꽃과 나비로 장식하고, 100바트인가 돈을 준다.

그 옆에는 매장이 있는데, 여러 가지 기념품을 파는 곳이다.

그 가운데 눈길을 끄는 것이 그림들이다. 6천 바트짜리도 있고, 1만 바트짜리도 있고, 풍속화도 있고, 산수화도 있고, 각양각색의 그림들이 돈 많은 새 주인을 기다리고 있다.

치앙마이

그 중에는 가격과는 상관없이 잘 그린 것도 있다.

그리곤 라텍스 가게로 간다.

라텍스 제품도 옛날에 비해 많이 발전했다.

어떻게든 팔아 보려고 라텍스로 만든 이불도 있고, 아기들 용품도 있고…….

발전이 좋은 것인가? 약간 회의가 들기도 한다.

발전 자체는 좋은 것이지만, 문제는 그 발전이 돈과 연결되어 있다는 점이다. 돈 벌려 하니까 발전이 있는 거다. 부인 못할 사실이다.

그렇지만, 순박하고 순수한 사람들, 인심 좋고, 남을 배려하던 사람들이 돈의 노예가 되는 순간 이런 건 사라진다.

욕심은 욕심을 재생산하는 속성이 있다. 욕심의 자가발전이다.

산캄팽 민예마을: 풍속화

34. 여자들의 결단력

산캄팽 민예마을: 산수화

산캄팽 민예마을: 산수화

비단 가게: 누에

　배려에 대한 욕심이 커지면 더 큰 배려를 하게 되지만, 돈에 대한 욕심이 생기면 돈에 대한 집착이 더 커지는 법이다.

　오죽하면, 부자가 천국에 들어가는 것은 낙타가 바늘구멍에 들어가는 것보다 더 어렵다고 했을까?

　기똥찬 비유다!

　아무리 생각해도 예수님의 이런 말씀은 정말 맞는 말씀인 듯하다.

　그러니 발전된 상품이 문제가 아니라, 돈에 대한 욕심이 문제인 것이다.

　라텍스 제품은 고가품인데다 여행객들이 대부분 하나씩 가지고 있기에 큰 인기가 없다.

　갑자기 라텍스 가게를 운영하는 사람의 생계가 걱정이 된다.

34. 여자들의 결단력

그리고 이제는 비단 가게로 간다.

입구의 자그마한 누에들이 뽕잎을 갉아먹는 커다란 바구니와 그 옆의 히얀 고치들이 눈길을 끈다.

태국 비단이 유명하다는데 여기에서는 비단으로 된 티셔츠, 머플러, 블라우스, 치마 따위를 판다.

여하튼 오늘은 쇼핑 관광하는 날이다.

치앙마이

35. 프라 탓 도이 수텝 사원에서 해야 할 일곱 가지

2016년 2월 4일(목) 맑음

점심 식사 후, 이제 수텝 산(Doi Suthep)으로 간다.

치앙마이가 한 눈에 내려다보이는 산위의 절인 프라 탓 도이 수텝 사원(Wat Praha That Doi Suthep)을 구경하러 가는 것이다.

왓 프라 탓 도이 수텝: 진신사리를 모신 사리탑

여기에서 '도이'란 산을 뜻하고, '수텝'은 이 산에서 도를 닦던 도사의 이름이고, '프라'는 부처이고, '탓'은 '사리'이다.

그러니 왓 프라 탓 도이수텝은 '부처님 사리를 모신 수텝산의 절'인 셈이다.

이 산의 이름이 되어 버린 수텝 씨는 이 산에서 수도를 하다가, 사람들이 이 산을 도이

수텝이라고 부르기 시작하자 홀연히 신선이 되어 사라졌다는 전설이 내려
온다.

이 산은 높이가 약 1,200미터인데, 정상에 왓 프라 탓 도이 수텝이
있어 부처님의 진신 사리를 모셔 놓은 황금탑과 치앙마이 시내를 조망할
수 있는 전망대가 있다.

이 사원은 1383년에 세운 사원이다.

이 사원과, 지난 번 보았던 쩨디 루앙 사원, 수완덕 사원, 그리고 프
라 싱 사원이 치앙마이의 4대 사원이라 한다.

이 나라가 불교국가라는 것은 잘 알고 있을 것이다.

그래서 절도 많다. 이 나라에는 절이 40,000개 있고, 이곳 치앙마이
에만 1,200개의 절이 있다고 한다.

치앙마이 4대 사원이면 1,200개 중 네 번째 안에 드는 절이니 볼 만
하지 않겠는가!

그런데, 프라 싱 사원(Wat Phra Sing)은 이번 여행에서 빠져 있다.

'프라'는 부처이고, '싱'은 사자이니 '사자 부처 사원'이라는 뜻이다.
'프라'는 '불(佛)'의 타이 발음이니 부처임이 틀림없고, 싱가포르를 '사자의
도시'라 하는 데에서 알 수 있듯이 '싱'은 사자를 뜻함이 분명하다.

실제로 프라 싱은 사자 모양의 불상이라는 뜻이고, 석가모니의 별칭이
기도 하다.

치앙마이를 대표하는 불상인 프라 싱이 모셔진 이후, 프라 싱 사원이
라 이름 지어졌다.

4월의 물 축제는 프라 싱 사원에서 시작되었고, 실제로 사월의 물 축
제인 쏭크란 축제 때 사자 불상인 프라 싱이 행렬의 맨 앞자리를 차지한

다고 한다.

이 축제 때. 치앙마이 옛 성곽의 해자에 있는 물이 아주 긴요하게 쓰인다니 이 사원은 4월에 다시 와서 물 축제와 함께 보아야겠다.

사자 불상이 어찌 생겼는지도 그때 보고 알려드리겠다.

어찌되었든 도이 수텝 사원으로 들어가자.

이 절에 오르기 전, 김 부장은 이 절에서 보아야 할 것 일곱 가지를 말해 준다.

자기는 이민 경찰에게 걸리면 추방당하니까 못 올라가고 태국 가이드인 피떠가 지 대신 올라간다고 한다.

그 눔의 이민 경찰, 잘도 우려먹는다.

막강한 중앙정부부장의 이름을 가지고 있는 김 부장이지만, 여기에선

왓 프라 탓 도이 수텝: 불상들

31. 프라탓도이수텝 사원에서 해야 할 일곱 가지

한낱 이민경찰에게 쪽을 못 쓴다.

실제로 관광객을 끌고 다니면서 설명을 해주어야 하는데, 이런 일곱 가지를 한꺼번에 말해 주면 그걸 어찌 기억하누?

천재가 아닌 담에야.

태국 가이드인 피떠 아줌마는 있으나 마나 소용없다.

영어도 한국말도 잘 못하니까 그냥 있을 뿐이다.

왓 프라 탓 도이 수텝: 법당과 탑

전혀 도움이 안 된다.

그 일곱 가지는 다음과 같다.

첫째, 절에 오르기 전 왼편에 있는 천년 고목인 카논이라는 이름의 과일 나무에서 사진을 찍을 것.

둘째, 절로 올라가 오른쪽으로 돌면 서른 세 개의 종이 나란히 있는

치앙마이

데, 이를 잘 관찰해보고, 그 오른쪽 전망대에서 치앙마이 시내 구경을 할 것.

셋째, 부처님 진신사리가 들어 있는 24m 높이의 불탑을 경외하는 눈초리로 올려 보고, 소원을 빌며 탑돌이를 세 번 할 것.

넷째, 작은 건물에 들어가 스님의 탐문 말씀을 듣고, 스님이 뿌리는 성수를 기쁘게 맞을 것.

다섯째, 손목에 노끈을 묶어 주는 곳에서 노끈을 묶고 72시간 동안 풀지 말 것. 그러면 장수할 것이다.

여섯째, 남자는 네 번째 손가락에... 뭐라 했나 생각이 안 난다.

일곱째, 막대기 점 뭐라 했는데 역시 생각이 안 난다. 막대기로 점을 치라고 했던가?

31. 프라탓도이수텝 사원에서 해야 할 일곱 가지

36. 외국인에게만 돈을 받는 이유

2016년 2월 4일(목) 맑음

여하튼 이 절에 들어가려면, 306개의 계단을 올라가든지, 아니면, 엘리베이터를 타고 가든지 둘 중 하나를 해야 한다.

물론 우리는 엘리베이터를 타고 올라간다.

외국인에게는 입장료를 받는데—얼마인지는 나도 모른다. 가이드가 냈으니까—태국인들은 안 받는다.

그 이유는 태국인은 거의 99.9% 불교신자이고, 이들은 입장료를 안 내도 절 안에 모셔 놓은 많은 부처님들 앞의 헌금함에 자발적으로 시주를 하기 때문이라고 한다.

왓 프라 탓 도이 수텝: 전망대

치앙마이

192

왓 프라 탓 도이 수텝: 하이라?

허지만 외국인은 누가 불교신자인지 모르니까, 미리 강제로 돈을 받는 것 아닐까 생각한다.

우선 절 안으로 들어가기 전, 먼저 서른 세 개의 종부터 관찰한다. 특별한 건 없다. 그 오른쪽엔 전망대가 있다.

이 전망대는 절 밖에 있는 것이어서 신발을 안 벗어도 된다.

오른쪽 전각 앞에는 하이라(Hayra)라는 아유타 고문서에 나오는 악어 비슷한 상상 속의 양서류 동물이 뻘건 혀를 내밀며 관광객을 위협하고 있다.

그렇지만 아무도 무서워하지 않는다.

이제 절 안으로 들어간다. 물론 신발은 벗어야 한다.

절 안에서 오른쪽으로 가면 진짜 전망대가 있다. 여길 가려면 계단을 내려갔다 다시 올라가야 한다.

오른쪽 계단을 통해 전망대로 간다.

전망대엔 네 개의 큰 기둥과 그 위에 놓여 있는 키다란 나무 덮개를 볼 수 있다.

이게 뭐하는 데 쓰는 물건인고?

더울 때 햇빛을 피하라고 만들어 논 것인가? 여하튼 잘 모르겠다. 가이드가 있어야 물어보지!

나중에 알고 보니, 이곳은 국제불교센터(International Buddhist Centre)이다.

여하튼 이 큰 나무 덮개엔 그림이 그려져 있는데, 자세히 보니 동서남북 각각 세 개씩 동물들이 그려져 있는 데 자세히 보니, 12지상이다.

전망대 바깥으로는 나무로 된 울이 있고 치앙마이 시내가 한 눈에 보인다.

국제불교센터

치앙마이

이 풍경이 너무 좋아서 이것 때문에 도이 수텝이 유명해 진 거라지만, 글쎄, 이런 걸 자랑해야 할까? 내 눈엔 그저 평범할 뿐인데…….

오히려 전망대 한 가운데에 있는 네 기둥에 돋을 새김된 조각이 더 맘에 든다.

다시 절로 돌아와 절을 돌아본다.

절을 돌다 보면, 부처님만 있는 게 아니다. 코끼리 코를 한 힌두 신인 기네샤 신도 보인다.

절 한 가운데엔 금빛 찬란한 24m 높이의 황금탑이 있다.

진신사리가 들어 있다는 이 황금탑은 76톤의 황금이 들어가 있다는데 정말인지는 모르겠다.

또한 이 불탑의 맨 꼭대기에 있는 황금 연꽃의 꽃잎 위에는 현 태국 국왕인 푸미폰 국왕

왓 프라 탓 도이 수텝: 황금탑

36. 외국인에게만 돈을 받는 이유

이 바친 다이아몬드가 있다는데, 눈을 기늘게 뜨고 아무리 봐도 안 보인다.

아마 경외하는 눈초리로 보면 보였을지도 모르겠다. 눈을 찌푸려 가며 째려보았기에 안 보였는지도 모른다. 반성한다.

여기 오시는 분들 중 이걸 보려면 경건한 마음으로 존경의 염(念)을 섞어 보아야 한다는 것을 명심하시라!

왓 프라 탓 도이 수텝: 기네샤 신

그리고 불탑 모서리 네 곳에는 황금 우산이 있고, 탑의 사면에는 작은 부처님들이 앉아 있고, 그 앞에는 꽃을 들고 소원을 비는 사람들로 북적인다.

물론 꽃을 들고 탑돌이를 하는 사람들도 있다.

나 역시 꽃을 사 들고 탑돌이를 하며 소원을 비는 사람들을 따라 함

치앙마이

왓 프라 탓 도이 수텝

께 탑돌이를 할 수도 있었지만, 시간이 모자랄 것 같아 한 바퀴만 돈다.

한편 이 탑 바깥 편에는 불당들이 있고 요일별로 부처님들이 모셔져 있다.

어떤 불당에서는 스님이 설법을 하며 물을 뿌린다.

나도 얼른 들어가 물세례를 기쁘게 받는다.

김 부장 말에 따르면, 좋은 거라니까 한 번 해보는 것이다.

그 다음 노끈을 묶어 주는 곳이 있긴 한데 묶지는 않았다. 장수하기가 싫어서가 아니고 묶은 후 72시간 동안 풀지 않고 있을 수는 없다고 생각했기 때문이다.

그리고 여섯째, 일곱째 체험은 잘 생각이 안 나서 못했다.

36. 외국인에게만 돈을 받는 이유

37. 깨달음은 상투의 길이에 비례한다.

2016년 2월 4일(목) 맑음

이제 절에서 내려와 신을 찾아 신는다.

절 밖에서 왼쪽으로 가보니, 커다란 고목에 사람 얼굴만 한 열매가 여러 개 매달려 있고 사람들이 그 밑에서 사진을 찍는다.

차례를 기다려 우리도 사진을 찍었다.

그런데 고 나무, 열매 하나 이상하게 열렸다. 마치 여성의 젖무덤 같아 손으로 잡고 있자니 조금은 민망스럽다.

알고 보니 이것이 첫 번째 볼거리였던 카논이라는 과일나무이다.

카논이란 과일나무는 다 자라서 익으면 어른들의 머리통보다 큰 과일이

왓 프라 탓 도이 수텝: 카논 과일나무

치앙마이

라 한다.

　겉으로 볼 때에는 별로 맛있어 보이지는 않는데, 잘 익은 카논을 잘라 속을 보면, 노란 꽃잎처럼 예쁘고 달콤한 과육이 들어 있다고 한다.

　사람들은 여기에 찰밥을 넣어 초밥처럼 먹는데, 한 끼 도시락으로 훌륭하다고 한다.

　다시 엘리베이터를 타고 절을 내려왔는데, 약속한 집결 시간보다 약 5분 정도 시간이 남는다.

　절로 올라가는 엘리베이터는 오른쪽에 있고 왼쪽 저쪽으로는 산문이 있다.

　산문 못 미쳐 계단이 있고 계단 밑에는 우리나라 해태상과 비슷한 전설의 동물이 계단을 지키고 있다.

이놈이 하이라인지, 아까 절의 전각 앞에서 본 놈이 하이라인지 분명하지는 않다.

　아마 요놈이 진짜 하이라(Hayra)이고, 절의 전각 앞에서 본 놈은 하이라가 되기 전

왓 프라 탓 도이 수텝: 하이라

37. 깨달음은 상투의 길이에 비례한다.

왓 프라 탓 도이 수텝: 큰 스님

에 악어가 하이라가 되고 싶어 하이라를 흉내 내고 있는 것 아닌가 생각한다.

그 계단 위로 올라가 보니 큰 스님이 앉아 계신다.

이 분에게는 무조건 허리 굽히고 머리를 조아려야 한다.

아니 계단이 가파르니 올라가다 보면 저절로 이 스님에게 허리를 굽히고 인사하게 된다.

그러면 이 금칠한 스님은 흐뭇하게 내려다보신다.

여하튼 존경심을 자아내게 하는 방법도 가지가지이다.

스님 왼편으로 조금 가면 큰 상투를 한 부처님이 앉아 계신다. 아마이 부처님은 깨달음이 엄청 많으신 모양이다.

어떻게 아냐고?

치앙마이

200

왓 프라 탓 도이 수텝: 큰 상투 부처

그야 상투의 길이를 보면 알지.

모름지기 상투란 깨달음을 얻은 사람만 할 수 있는 것이지.

장가를 가야 상투를 틀 수 있는 법이니, 아무리 나이가 많아도 장가를 못가면 어른이 되지 못하는 것이고, 어른 취급을 받지 못하는 것이 우리나라의 법도이다.

곧, 상투를 틀었다 함은 남녀간의 오묘한 궁합에 관한 깨달음을 얻은 사람만 할 수 있는 것이다.

속세인이야 깨달음을 얻는 방편 중의 최고가 혼인 아닐까?

이 말에 반대하는 분은 없을 것이다.

왜냐면 둘이 살아봐야 단맛 쓴맛 다 볼 수 있다는 증언은 가정상담소를 방문하지 않아도 우리 주변에서 수없이 들을 수 있기 때문이다.

37. 깨달음은 상투의 길이에 비례한다.

물론 요 부처님이 남녀상열지사에 대한 깨달음을 얻었다기보다는, 뭐, 종류가 다른 깨달음이겠지만, 깨달았으니 장가 안 가도 상투를 틀 수 있는 것 아닐까?

더구나 상투 길이가 깨달음에 비례한다고 보면 이 부처님의 깨달음의 깊이를 가늠할 수 있는 법이다.

사실은 깨달음이 있어 상투를 트는 것은 아니고, 상투를 틀면 깨달음이 생기는 것이고, 그 깨달음에 비례하여 상투 길이는 늘어나는 것일 게다.

그러니 요즈음 현대인들이 철이 안 드는 진짜 이유는 상투 트는 관습이 없어졌기 때문이 아닐까?

상투 큰 부처님 앞을 지나 조금 더 가면 육각형의 전각이 있고, 여기

왓 프라 탓 도이 수텝: 산문

치앙마이

에도 역시 보살님인지 부처님인지가 앉아 계신다.

그리고 그 전각 앞 왼쪽에는 밋밋한 통짜 형의 큰 종이 매달려 있다.

어차피 버스도 안 오고, 일행 중 두 명이 아직 안 왔으니, 산문으로 간다.

산문에서는 밑이 내려다 보여 우리 버스가 오는지 안 오는지를 알 수 있다.

산문 안으로 들어가 보니 여기에 절로 올라가는 306 계단이 있다.

이 계단의 좌우에는 각각 네 마리의 나가(Naga)가 지키고 있다. 이 용의 꼬리가 어찌 긴지 계단 꼭대기까지 구불구불 이어져 있다.

슬슬 내려와 일행이 있는 곳으로 가니, 가이드는 아직도 잃어버린 어린 양을 찾고 있다.

잃어버린 어린 양들은 엘리베이터를 안 타고 이쪽 계단으로 내려왔다고 한다.

37. 깨달음은 상투의 길이에 비례한다.

38. 깐똑을 먹으며 쇼를 보다.

2016년 2월 4일(목) 맑음

다시 버스를 타고 저녁도 먹을 겸 전통무용도 구경할 겸 깐똑(Khantok) 디너쇼를 하는 호텔로 간다.

깐똑은 란나 왕국의 전통 식사를 말하고, 디너쇼는 주로 란나 왕국의 전통 춤과 노래이다.

깐똑 디너쇼는 고대 태국 북부 지방에서 귀한 손님이 왔을 때 상을 차려 놓고 북부 태국의 전통 음식을 먹으면서 전통 공연을 관람한 데서 유래한 것이다.

곧, 작은 소반에 전통 음식인 찹쌀밥과 일곱 가지의 반찬이 나오는데

깐똑 디너쇼하는 곳

치앙마이

깐똑 디너쇼하는 호텔

이것이 깐똑이고, 란나 왕국의 춤과 노래를 보여주는 것이 디너쇼이다.

시간은 5시가 좀 넘었는데, 차들이 엄청 밀린다.

수텝 산 밑이 치앙마이의 제일 번화가라 한다.

치앙마이 대학도 이곳에 있고, 집값도 이곳이 제일 비싸다.

깐똑 디너쇼를 하는 호텔에 도착하니, 시간은 벌써 이곳 시간으로 8시가 훌쩍 넘었다.

입구부터 장식으로 달아 논 대형 등불이 무척 아름답다.

들어가 보니 사람들이 그야말로 인산인해이다.

우리 자리는 무대 중앙에서 오른쪽인데 관람하기에는 썩 좋은 자리이다.

들어가니 한참 쇼를 하고 있다.

38 깐똑을 먹으며 쇼를 보다.

깐똑 디너쇼

깐똑 디너쇼: 나오는 곳

쇼는 7시에 시작한 모양인데, 조금 일찍 오지 않구, 에이…….

자리를 잡고 앉으니 찹쌀 밥 뭉치와 닭튀김 같은 것들을 가져다준다.

이것이 치앙마이의 대표적 전통 음식인 깐똑인 모양이다.

이걸 먹으며 구경을 한다.

음식은 그저 그렇지만, 편의점에서

깐똑 디너쇼: 큰 등

산 쌩쏨이라는 타일랜드 독주를 곁들이면 된다.

얼마 보지도 못하고 9시가 채 되기 전에 쇼는 끝난다.

결국 쇼는 보는 둥 마는 둥 그렇게 끝난 것이다.

등 구경만 하고 그냥 나온 셈이 되었다.

이제 공항으로 간다. 그리고 비행기를 탄다.

〈끝〉

38 깐똑을 먹으며 쇼를 보다.

책 소개

* 여기 소개하는 책들은 **주문형 도서(pod: publish on demand)**이므로 시중 서점에는 없습니다. 교보문고나 부크크에 인터넷으로 주문하시면 4-5일 걸려 배송됩니다.

http//www.kyobobook.co.kr/ 참조.

http://www.bookk.co.kr/ 참조.

여행기(칼라판)

〈일본 여행기 1: 대마도 규슈〉 별 거 없다데스! 부크크. 2020. 국판 칼라 202쪽. 14,600원 / 전자책 2,000원.

〈일본 여행기 2: 고베 교토 나라 오사카〉 별 거 있다데스! 부크크. 2020. 국판 칼라 180쪽 / 전자책 2,000원.

〈타이완 일주기 1: 타이베이 타이중 아리산 타이난 가오슝〉 자연이 만든 보물 1. 부크크. 2020. 국판 칼라 208쪽. 14,900원 / 전자책 2,000원.

〈타이완 일주기 2: 헝춘 컨딩 타이동 화렌 지룽 타이베이〉 자연이 만든 보물 2. 부크크. 2020. 국판 칼라 166쪽. 13,200원 / 전자책 1,500원.

〈중국 여행기 1: 북경, 장가계, 상해, 항주〉 크다고 기 죽어? 부크크. 2023.
국판 칼라 230쪽. 16,000원 / 전자책 2,000원.

〈중국 여행기 2: 계림, 서안, 화산, 황산, 항주〉 신선이 살던 곳. 부크크.
2023. 국판 칼라 308쪽. 25,700원 / 전자책 2,000원.

〈태국 여행기: 푸켓, 치앙마이, 치앙라이〉 깨달음은 상투의 길이에 비례한
다. 부크크. 2023. 국판 칼라 232쪽. 16,100원 / 전자책 2,000원.

〈동남아시아 여행기: 태국 말레이시아〉 우좌! 우좌! 부크크. 2019. 국판
칼라 234쪽. 16,200원 / 전자책 2,000원.

〈동남아 여행기 1: 미얀마〉 벗으라면 벗겠어요. 부크크. 2023. 국판 칼라
320쪽. 26,900원 / 전자책 2,000원.

〈동남아 여행기 2: 태국〉 이러다 성불하겠다. 부크크. 2023. 국판 칼라
228쪽. 15,900원 / 전자책 2,000원.

〈동남아 여행기 3: 라오스, 싱가포르, 조호바루〉 도가니와 족발. 부크크.
2023. 국판 칼라 쪽. 262쪽. 19,200원 / 전자책 2,000원.

〈동남아 여행기 4: 베트남, 캄보디아〉 세상에 이런 곳이!: 하롱베이와
앙코르 와트. 부크크. 2023. 국판 칼라 338쪽. 28,700원 / 전자책
3,000원

〈인도네시아 기행〉 신(神)들의 나라. 부크크. 2023. 국판 칼라 134쪽.
12,100원 / 전자책 2,000원.

〈중앙아시아 여행기 1: 카자흐스탄, 키르기스스탄〉 천산이 품은 그림 1.
부크크. 2020. 국판 칼라 182쪽. 13,800원 / 전자책 2,000원.

〈중앙아시아 여행기 2: 카자흐스탄, 키르기스스탄〉 천산이 품은 그림 2.
부크크. 2020. 국판 칼라 180쪽. 13,700원 / 전자책 2,000원.

〈조지아, 아르메니아 여행기 1〉 코카사스의 보물을 찾아 1. 부크크. 2020.
국판 칼라 쪽. 184쪽. 13,900원 / 전자책 2,000원.

〈조지아, 아르메니아 여행기 2〉 코카사스의 보물을 찾아 2. 부크크. 2020.
국판 칼라 쪽. 182쪽. 13,800원 / 전자책 2,000원.

〈조지아, 아르메니아 여행기 3〉 코카사스의 보물을 찾아 3. 부크크. 2020.
국판 칼라 쪽. 192쪽. 14,200원 / 전자책 2,000원.

〈터키 여행기 1: 이스탄불 편〉 허망을 일깨우고. 부크크. 2021. 국판 칼
라 쪽. 250쪽. 17,000원 / 전자책 2,500원.

〈터키 여행기 2: 아나톨리아 반도〉 잊혀버린 세월을 찾아서. 부크크. 2021.
국판 칼라 286쪽. 22,800원 / 전자책 2,500원.

〈시리아 요르단 이집트 기행〉 사막을 경험하면 낙타 코가 된다. 부크크.
2021. 국판 칼라 290쪽. 23,400원 / 전자책 2,500원.

〈마다가스카르 여행기〉 왜 거꾸로 서 있니? 부크크. 2019. 국판 칼라
276쪽. 21,300원 / 전자책 2,500원.

〈러시아 여행기 1부: 아시아〉 시베리아를 횡단하며. 부크크. 2019. 국
판 칼라 296쪽. 24,300원 / 전자책 2,500원.

〈러시아 여행기 2부: 모스크바 / 쌩 빼쩨르부르그〉 문화와 예술의 향기.
부크크. 2019. 국판 칼라 264쪽. 19,500원 / 전자책 2,500원.

〈러시아 여행기 3부: 모스크바 / 모스크바 근교〉 동화 속의 아름다움을 꿈
꾸며. 부크크. 2019. 국판 칼라 276쪽. 21.300원 / 전자책 2,500원.

〈유럽여행기 1: 서부 유럽 편〉 몇 개국 도셨어요? 부크크. 2020. 국판 칼
라 280쪽. 21,900원 / 전자책 3,000원

〈유럽여행기 2: 북부 유럽 편〉 지나가는 것은 무엇이든 추억이 되는 거야.
부크크. 2020. 국판 칼라 280쪽. 21,900원 / 전자책 3,000원.

〈북유럽 여행기: 스웨덴-노르웨이〉 세계에서 제일 아름다운 곳. 부크크.
2019. 국판 칼라 256쪽. 18,300원 / 전자책 2,500원.

〈유럽 여행기: 동구 겨울 여행〉집착이 삶의 무게라고. 부크크. 2019. 국판 칼라 300쪽. 24,900원 / 전자책 3,000원.

〈포르투갈 스페인 여행기〉이제는 고생 끝. 하느님께서 짐을 벗겨 주셨노라! 부크크. 2020. 국판 칼라 200쪽. 14,500원 / 전자책 2,500원.

〈미국 여행기 1: 샌프란시스코, 라센, 옐로우스톤, 그랜드 캐년, 데스 밸리, 하와이〉허! 참, 이상한 나라여! 부크크. 2020. 국판 칼라 328쪽. 27,700원 / 전자책 3,000원.

〈미국 여행기 2: 캘리포니아, 네바다, 유타, 아리조나, 오레곤, 워싱턴〉보면 볼수록 신기한 나라! 부크크. 2020. 국판 칼라 278쪽. 21,600원 / 전자책 2,500원.

〈미국 여행기 3: 미국 동부, 남부. 중부, 캐나다 오타와 주〉그리움을 찾아서. 부크크. 2020. 국판 칼라 286쪽. 23,100원 / 전자책 2,500원.

〈멕시코 기행〉마야를 찾아서. 부크크. 2020. 국판 칼라 298쪽. 24,600원 / 전자책 3,000원.

〈페루 기행〉잉카를 찾아서. 부크크. 2020. 국판 칼라 250쪽. 217,00원 / 전자책 2,500원.

〈남미 여행기 1: 도미니카 콜롬비아 볼리비아 칠레〉 아름다운 여행. 부크크. 2020. 국판 칼라 266쪽. 19,800원 / 전자책 2,000원.

〈남미 여행기 2: 아르헨티나 칠레〉 파타고니아와 이과수. 부크크. 2020. 국판 칼라 270쪽. 20,400원 / 전자책 2,000원.

〈남미 여행기 3: 브라질 스페인 그리스〉 순수와 동심의 세계. 부크크. 2020. 국판 칼라 252쪽. 17,700원 / 전자책 2,000원.

우리말 관련 사전 및 에세이

〈우리 뿌리말 사전: 말과 뜻의 가지치기〉. 재개정판. 교보문고 퍼플. 2016. 국배판 양장 916쪽. 61,300원 /전자책 20,000원.

〈우리말의 뿌리를 찾아서 1〉 코리아는 호랑이의 나라. 교보문고 퍼플. 2016. 국판 240쪽. 11,400원 / e퍼플. 2019. 전자책 247쪽. 4,000원.

〈우리말의 뿌리를 찾아서 2〉 아내는 해와 같이 높은 사람. 교보문고 퍼플. 2016. 국판 234쪽. 11,100원.

〈우리말의 뿌리를 찾아서 3〉 안데스에도 가락국이⋯⋯. 교보문고 퍼플. 2017. 국판 239쪽. 11,400원.

수필: 삶의 지혜 시리즈

〈삶의 지혜 1〉 근원(根源): 앎과 삶을 위한 에세이. 교보문고 퍼플. 2017. 국판 249쪽. 10,100원.

〈삶의 지혜 2〉 아름다운 세상, 추한 세상 어느 세상에 살고 싶은가요? 교보문고 퍼플. 2017. 국판 251쪽. 10,100원.

〈삶의 지혜 3〉 정치와 정책. 교보문고. 퍼플. 2018. 국판 296쪽. 11,500원.

〈삶의 지혜 4〉 미국의 문화와 생활, 부크크. 2021. 국판 270쪽. 15,600원.

〈삶의 지혜 5〉 세상이 왜 이래? 부크크. 2021. 국판 248쪽. 14,000원.

〈삶의 지혜 6〉 삶의 흔적이 내는 소리, 부크크. 2021. 국판 280쪽. 16,000원.

기타

4차 산업사회와 정부의 역할. 부크크. 2020. 국판 84쪽. 8,200원 / 전
자책 2,000원.

사회복지정책론. 송근원. 김태성. 나남 2008. 국판 480쪽. 16,000원.

4차 산업시대에 대비한 사회복지정책학. 교보문고 퍼플 [양장]. 2008.
42,700원.

사회과학자를 위한 아리마 시계열분석. 교보문고 퍼플 2018. 국판 300
쪽. 10,100원.

회귀분석과 아리마 시계열분석. 한국학술정보. 2013. 크라운판 188쪽.
14,000원 / 전자책 8,400원.

지은이 소개

- 송근원

- 대전 출생

- 여행을 좋아하며 우리말과 우리 민속에 남다른 애정을 가지고 있음.

- e-mail: gwsong51@gmail.com

- 저서: 세계 각국의 여행기와 수필 및 전문서적이 있음.